GOLDMANN

D1725595

Aus der Serie »V – die Außerirdischen«
sind im Goldmann Verlag erschienen:

Howard Weinstein/A. C. Crispin
Kampf um New York (23711)

Allen Wold
Dianas Rache (23712)

Geo W. Proctor
Rote Wolke über Chicago (23713)

Howard Weinstein
Der Weg zum Sieg (23714)

Tim Sullivan
Angriff auf London (23715)

Allen Wold
Die Gedankensklaven (23716)

Somtow Sucharitkul
Symphonie des Schreckens (23718)

Tim Sullivan
Das Florida-Projekt (23720)

Somtow Sucharitkul
Der fremde Ninja (23721)

Tim Sullivan
Das geheime Experiment (23628)

SOMTOW
SUCHARITKUL

DER FREMDE
NINJA

V – Die Außerirdischen

Aus dem Amerikanischen
von Monika Paul

GOLDMANN VERLAG

Deutsche Erstausgabe

Originaltitel: The Alien Swordmaster
A Tom Doherty Associates Book, New York

Der Goldmann Verlag
ist ein Unternehmen der Verlagsgruppe Bertelsmann

Made in Germany · 6/90 · 2. Auflage
© 1985 by Warner Bros., Inc.
© der deutschsprachigen Ausgabe
1990 by Wilhelm Goldmann Verlag, München
Umschlaggestaltung: Design Team München
Satz: IBV Satz- und Datentechnik GmbH, Berlin
Druck: Elsnerdruck, Berlin
Verlagsnummer: 23721
Lektorat: Christoph Göhler/SK
Herstellung: Peter Papenbrok/Voi
ISBN 3-442-23721-1

Gewidmet

der Chan-Familie,
deren gutes Essen mir half,
dieses Buch zu schreiben.
Und Michael Dirda,
dessen Lachen ebenfalls sehr hilfreich war,
sowie Chris Baer,
der zwei Visitors in seinem Schlafzimmer hat!

Teil 1 Befreiung: Tokio

Kapitel 1

Dunkelheit: lispelnde, zischende, metallisch klingende Reptilienstimmen. Die Sprache der Aliens: heiser, schnarrend, unverständlich.

Kälte. Dunkelheit. Frierend. Kaum atmen können. Unfähig, sich zu bewegen. Ihre Arme, Beine und ihre Taille waren umwickelt. Es war wie in einem Alptraum: Sie war gefesselt, konnte nicht atmen, sich nicht bewegen, nicht einmal aufwachen. *Wo bin ich?* dachte sie. Etwas Schwammiges, Glitschiges strich über ihr Gesicht. Sie versuchte ihre Augen zu öffnen, aber der Druck auf ihren Lidern war zu stark, was immer es auch sein mochte – Drogen? Ein Kraftfeld? – Sie konnte die Augen einfach nicht öffnen. Wieder glitt dieses feuchte, eklige, kalte Ding über ihr Gesicht, leckte darüber, als ob eine Schlange sie liebkosen würde. *Jesus, lieber Gott, laß mich aufwachen,* dachte sie. *Laß mich aufwachen!*

Wieder die Stimmen. Sie versuchte, etwas zu verstehen; aber sie schienen weit weg zu sein. Sie drangen in ihr Bewußtsein und entfernten sich wieder, zischend, summend.

Wieder versuchte sie gegen die jede Bewegung hemmenden Fesseln anzukämpfen. Aber sie waren zu stark. *Irgendwas muß mit meinem Kreislauf sein,* dachte sie. Sie hörte ihr Herz in dieser eisigen, dunklen Stille schlagen, Bumbumm... Bumbumm... viel zu langsam! *Wenn es wirklich ein Alptraum wäre und ich mich fürchten würde, dann würde mein Herz durch den Adrenalinstoß wie verrückt klopfen.* Also war es eine Art Droge, die sie schwach machte, sie so lethargisch sein ließ. Was war das nur, das über ihren Körper kroch? Elektroden? Nein. Dazu spürte sie zu viel... *Schläuche. Eine Art Salzlösung oder intravenöse Ernährung, wie in einem Krankenhaus. Bin ich krank?* Sie versuchte, sich zu erinnern, aber traf nur eine totale Leere. Doch da war etwas – Augen.

Starre, glühende Echsenaugen; schlitzäugig, topasfarben, gnadenlos.

7

Woher kamen sie?

Plötzlich kamen die Stimmen wieder, diesmal viel näher, aber immer noch unverständlich. Eine von ihnen stieß etwas in einer Sprache hervor, die sie verstand. »Genug jetzt! Wir dürfen niemals aus unserer Rolle fallen. Versteht Ihr? Hört auf, in unserer Sprache zu sprechen. Wir müssen in der Sprache des Erdplaneten sprechen oder schweigen. Übung macht den Meister.«

Ja. Jetzt verstand sie die Sprache. Als Kind hatte sie sie von ihrer Mutter gelernt, und später in der Schule. Und dann, natürlich, bei ihren Forschungsarbeiten, als sie...

»Welche Rolle?« Eine andere Stimme, vielleicht.weiblich. »Findest du es nicht ziemlich übertrieben, unserem Essen etwas vorzuspielen! Ich denke, man kann auch übervorsichtig sein.«

Warum konnte sie nichts sehen? Wieder folgte unverständliches Gerede, dann ließ ein scharfes Zischen die Konversation wieder in die japanische Sprache zurückfallen.

»Jemand soll Licht machen.« Ein rotes Licht drang durch ihre geschlossenen Augenlider. »Was ist mit dem da?«

»Ich glaube kaum, daß der Führer heute nacht einen Jungen haben will.«

»Oh. Ich kann da einfach keinen Unterschied feststellen. Häßliche haarige Wesen!«

»Aber sie haben was. Wenn ich mich in meinem Dermoplastanzug im Spiegel betrachte und das Sonnenlicht dieses Planeten auf meine Gestalt fällt, dann denke ich manchmal, gar nicht so schlecht, nicht so schlecht. Was ist schon dabei, wenn ich wie ein Affe aussehe? Sie sind sehr stromlinienförmig. Hast du sie jemals schwimmen sehen? Das Licht schimmert auf ihren nassen Rücken. Und wie das Wasser an ihrer schuppenlosen Haut herunterrinnt, glitzernd, und von ihren glatten Gliedern tropft. Du kannst jeden Muskel unter dieser merkwürdigen fast transparenten Haut erkennen. Wenn du mich fragst, so sind sie auf eine bizarre Art und Weise sehr attraktiv.«

»Sei ruhig. Du machst mich hungrig.«

Plötzlich ein Erinnerungsfetzen.

Bei den Ainus. Das Shuttle fiel vom Himmel. Die schreienden Dorfbewohner hämmerten gegen die Tür des Instituts...

»Fressen! Das ist alles, woran du denken kannst?«

8

»Und was ist mit dir und deiner unersättlichen Lust? Glaubst du, wir würden diesen Quadranten der Galaxis kontrollieren, wenn wir uns mit jeder Lebensform paaren würden, auf die wir treffen? Wohl kaum. Wahrscheinlich würden diese Affen die Macht haben, und wo wärst du dann? Ich war in einem unserer indonesischen Hauptquartiere, und weißt du, was ich gesehen habe? Einer dieser Menschen spießte eine große Eidechse auf und briet sie, er bezeichnete sie als Komododrachen. Sie sah aus wie eines meiner Kinder auf unserem Heimatplaneten. Ich hätte am liebsten auf der Stelle meinen Laser gezogen, aber nein, wir dürfen ja nicht…«

»– aus unserer Rolle fallen. Ja.« Sie redeten wieder in ihrem Kauderwelsch, und dann erinnerte sie sich…

Wie Vieh hatte man die Menschen in einem riesigen Pferch zusammengetrieben, Kinder schrien, die alten Frauen rangen die Hände, die Männer mit leeren, leblosen Blicken, wehrlos, wie eine Herde Rinder, und sie selbst trat neben Professor Schwabauer aus dem Institut, um zu sehen, was dort draußen los war, als einer der rotuniformierten Visitors sie anschnauzte und ihnen befahl: »Stellt euch in der Reihe auf, ihr Abschaum!« und dann waren sie in der Menge und wurden vorwärtsgeschubst, während Schwabauer die ganze Zeit vor sich hinmurmelte: »Ich will sofort diesen verdammten deutschen Konsul sprechen. Wir sind Mitglieder der anthropologischen Gesellschaft. Rufen Sie Zimmermann an. Sie kennen Zimmermann, den deutschen Konsul in Sapporo? Oder ich will wenigstens mit der Botschaft in Tokio sprechen. Ich protestiere, ich protestiere…« Aber sie wurden nur weitergetrieben.

»Was ist mit dem da?«

»Zu schmal um die Hüften. Der Führer ist heute nacht sehr eigen.«

»Gut, du wirst es wissen. Du hast schließlich diese merkwürdigen Phantasien, was unser Fressen betrifft. Ich finde es bestialisch.«

»Nun, sie sind intellektuelle Lebewesen.«

»Intellektuell! Was ist denn das schon wieder für ein Begriff? Ich hätte fast Lust, dich dem Subversions-Komitee zu melden. Deine Ansichten passen doch eher zu einer dieser verweichlichten Untergrundreligionen als zu einer militärischen Aktion.«

»Oh? Und ich dachte, wir seien auf einem Ausflug in den Gourmetsupermarkt.«

»Ach, sei still und laß uns endlich weitermachen. Was ist mit dem da?«

Etwas zerriß. Nahe ihrer Haut wurde etwas weggerissen. Sie spürte einen Luftzug, und es wurde noch kälter als zuvor, wieder riß etwas.

»Nicht schlecht. Schau genau hin. Ja, das ist genau das richtige Geschlecht.«

»Woher willst du das wissen?«

»Sie haben sehr ausgeprägte sekundäre Geschlechtsmerkmale. Sicher hast du doch die Ausbuchtungen in deiner Verkleidung bemerkt? Du sollst eine Frau sein. Schau her, siehst du? Genau wie die hier.« Jemand entfernte jetzt die Schläuche. »Hör zu, Kleiner. Wenn du genauso lange auf dieser Erde wärst wie ich, würdest du bestimmt keine Vorträge mehr über korrektes militärisches Vorgehen, Verhaltensweisen und Regeln halten. Die Galaxis ist unvorstellbar groß. Sei froh, daß wir die Eroberer sind und all diese Privilegien haben. Und lerne endlich diese Fremden zu schätzen.«

»Das tue ich! Vor allem halbgar und mit etwas Würze.«

»Unausstehliche Kadettenarroganz! Ja, ich denke, sie ist genau die Richtige. Sie ist jung…«

»Woher weißt du das?«

»Ihre Haut wird schrumplig, wenn sie älter werden. Zarte, gute Muskeln; das wird unserem Führer gefallen, da bin ich mir sicher. Vielleicht wird er dann seine Mannschaft nicht mehr so hart rannehmen. Und…« Rauhe Finger berührten ihre Augenlider und öffneten sie. Endlich sah sie, aber das Licht schmerzte in ihren Augen. Richtig erkennen konnte sie noch nichts. »Schöne Augen: graugrün. Gut. Hohe Backenknochen. Lange Haare, pechschwarz. Sehr weiße Haut. Halb kaukasisch, vermute ich. Sie wird ihm gefallen. Wiederbelebe sie und bereite sie vor. Er möchte gleich nach dem Essen unterhalten werden.«

»Nicht während?« Ein seufzender Ton. Endlich konnte sie sie erkennen: zuerst die roten Uniformen, das hakenkreuzähnliche Initial. Ein Einstich in ihrem Arm – eine Art Injektion. Sie sah, daß sie nackt war, und versuchte unwillkürlich, sich mit ihren Armen zu bedecken. Zwei Visitors, ein Mann und eine Frau. Ernste asiatische Gesichter. Das der Frau wirkte brutal, der Mund lächelte sarkastisch. Das des Mannes schien weicher zu sein, vielleicht, sie war sich nicht sicher.

Sie schaute sich um.

Der Raum – Metallwände, überall Schläuche und Röhren, und schwammige Säcke hingen von den Wänden und der Decke, waren auf Regalen gestapelt. Und in den Säcken...

Menschen. Nackt, mit geschlossenen Augen... nicht tot! Die Nahrungsschläuche schlängelten sich um die Säcke und drangen ins Innere. Die Säcke wirkten wie Membranen – wie Placentas. Die Menschen atmeten langsam, gleichmäßig, kollektiv, als würde ihr Atem von einer Maschine gesteuert.

Plötzlich wußte sie, was dies alles zu bedeuten hatte. Die Gerüchte, die sie gehört hatte, waren also wahr. Sie kamen noch nicht einmal an die ganze grausame Wahrheit heran. Und warum wurde sie wieder zum Leben erweckt? Sie schaute ihre Bewacher an. Plötzlich begann sie zu schreien, bis ihre Kehle schmerzte. Ihre Schreie brachen sich an den höhlenartigen Wänden dieses metallenen Raumes. Und dann erstarb der Schrei. Sie war am Ende. Ihre Kehle war trocken und rauh, und sie fühlte sich so schwach...

»Namae wa nan da?« fragte der Mann.

Plötzlich wurde ihr etwas klar. Verdammt, auch wenn ich jetzt gefressen werden soll, sie können mich nicht zwingen, japanisch zu sprechen. Erinnerungen an die Schulzeit, in der sie oft gehänselt worden war, tauchten auf. »Amerikajin da yo!« stieß sie ärgerlich hervor. »Nihongo ga dekinai!«

Die beiden sahen sich verwundert an. Einer von ihnen zischte etwas in der fremden Sprache. Sie konnte es nicht verstehen, aber es hörte sich obszön an, wie alles in deren Sprache. Der Mann fragte: »Dann sind Sie Amerikanerin?«

»Ja. Ich gehöre der internationalen anthropologischen Gesellschaft an. Wir studieren die Ainus, die kaukasische Urbevölkerung Nordjapans. Wir arbeiten in Hokkaido seit... der Zeit vor...«

»...der Invasion«, beendete der männliche Visitor den Satz für sie. »Es gibt keinen Grund, das nicht auszusprechen, denke ich.« Die Frau starrte sie beide an; offensichtlich hatte sie nie Englisch gelernt. »Nun, Sie können sich glücklich schätzen, uh...«

»Jones, Tomoko Jones.«

»Tomoko? Dann sind Sie zur Hälfte Japanerin?«

»Ich bin Amerikanerin.«

»Nun, sei es, wie es will, jedenfalls sind Sie zunächst dem Schicksal, das die anderen hier erwartet, entronnen.« Sie schauderte. Er fuhr fort: »Sie werden gleich Fieh Chan vorgeführt, dem obersten Kommandeur des Mutterschiffes des Tokio-Seoul-Hongkong-Sektors. Ich hoffe, Sie werden sich entsprechend verhalten und vielleicht Ihre Freiheit wiedererlangen.«

»Was ist, wenn nicht?« fragte sie trotzig.

»Nun, dann…« Der Mann deutete auf die anderen, die in ihren gebärmutterähnlichen Säcken an den Wänden hingen.

Kapitel 2

Sie fühlte sich sehr schwach, als sie die Korridore entlanggeführt wurde. Inzwischen war ihr klar, daß sie sich in einem Mutterschiff befinden mußte. Sie kamen an schweren Stahltüren vorbei. In einigen von ihnen waren Fenster, durch die sie Aliens sehen konnte. Ein- oder zweimal entdeckte sie unmaskierte Reptiliengesichter; sie schaute schnell weg. Einmal blickte sie in einen Lagerraum wie jenen, aus dem sie gekommen war, und sie schauderte.

Endlich erreichten sie einen großen Raum, in dem es nach Sandelholz duftete. Der Fußboden war mit Tatamimatten ausgelegt; ein Futonbett mit vielen Kissen war hergerichtet. Hier gab es kein hartes spiegelndes Metall, sondern Bambuswände und Seidentapeten. Ein *Yukata*, eine Art japanisches Schlafgewand, war auf dem Bett ausgebreitet. Da sie, seit sie wiederbelebt worden war, keine Kleidung tragen durfte, schlüpfte sie schnell hinein. Wie immer war sie einen Moment lang verlegen, weil sie so groß war und ihr das Gewand nur bis zu den Waden reichte.

»Warten Sie hier«, sagte jemand zu ihr, und sie ließen sie allein.

Sie dachte an Matt. Sie hatte jahrelang nicht an ihn gedacht, aber jetzt erinnerte sie sich an das letzte Mal, als sie ihrem Ehemann direkt gegenübergestanden hatte. Die Erinnerung war plötzlich ganz klar.

Sie standen draußen vor dem Institut für Kampfsportarten in

Orange, Kalifornien, in der sengenden Glut einer schrecklichen Hitzewelle... er hatte sie angeschrien. »Dann hau doch endlich ab! Kehr zurück zu deinen Wurzeln oder was auch immer. Ich habe es satt, dir zuzuhören. Es klingt wie eine verdammte Seifenoper. Geh nach Japan. Du wirst dort bestimmt nicht glücklicher, aber wenigstens muß ich mir dann nicht mehr dein Gejammere anhören.«

»Du bist unfair, Matt«, hatte sie geantwortet. Sie wußte, daß sie ihn verletzte, aber etwas in ihr trieb sie dazu. Sie mußte alles hinter sich lassen: das schöne neue Auto, das Haus, den Pool, die Kaffeemaschine mit dem Mikrochip, die genau wußte, wann sie aufwachen würden, den schönen, aber langweiligen Job, den gutaussehenden, kräftigen Ehemann. »Professor Schwabauer braucht eine Assistentin, und ich *bin* Anthropologin.«

»Was? Seit ich dich kenne, hast du dich nicht ein einziges Mal dafür interessiert!«

»Die ganzen sechs Monate lang.« Manchmal war er wie ein Baby. »Schließlich kann ich Japanisch sprechen.« Obwohl sie sich eingestehen mußte, daß sie sich kaum noch an ihre Mutter erinnern konnte. »Es ist ja nicht für immer. Gerade mal... nun, neun bis zehn Monate.«

Sie erinnerte sich daran, wie er vor ihr stand und nicht glauben konnte, daß sie es wirklich tun würde. *Mein Gott, wie gut er aussieht,* erinnerte sie sich, gedacht zu haben, *und wie rücksichtsvoll er war. Bis jetzt.* »Ich werde es tun, Matt.« Ernst kamen die Worte aus ihr heraus. Sie fühlte sich plötzlich leer und ausgelaugt. Obwohl sie die ganze Angelegenheit mit ihrer Analytikerin durchgesprochen hatte. »Nur neun Monate.«

Neun Monate...

Aber dann waren die Visitors gekommen.

Sie erinnerte sich ganz deutlich; Schwabauer hatte sie abgeholt. Sie waren zum Zug gegangen. Sie wollten von Tokio aus in den Norden zur Insel Hokkaido fahren, wo die primitiven Ainus lebten, die blauäugig und weißhäutig waren. Die reinste Goldgrube für Anthropologen, hatte Schwabauer behauptet.

Der Zug war gerade losgefahren. Tokio war unterirdisch ein Labyrinth, die Röhren waren genauso weitläufig wie die Stadt selbst. Der Zug rollte langsam durch die Tunnel, und sie hatten sich gerade gemütlich zum Bentolunch hingesetzt, bestehend aus rohem Fisch auf Sesamreis, als sie plötzlich (als ob man geboren würde, so hatte sie noch gedacht) in einen Vorort in das blendende Sonnenlicht schossen. Nur, daß es kein Sonnenlicht war, weil dieses gewaltige *Ding* die Sonne verdeckte.

Später hatte sie dann alles im Fernsehen gesehen: die Ankunft, die UN-Ansprache, das ganze Drumherum. Dann kamen die Einschränkungen und Verbote. Sie seien notwendig, wurde behauptet. Man durfte das Land nicht verlassen. Eine Zeitlang rief sie Matt einmal im Monat an, aber sie stritten jedesmal.

Sie stürzte sich in ihre Arbeit. Was war denn schon so großartig an dieser interplanetarischen Politik? Welchen Unterschied machte es schon, ob Alienratgeber im japanischen Kabinett saßen?

Dann kamen die Gerüchte auf, daß die Visitors Reptilien seien, und es folgte dieser dramatische Fernsehbericht. Sie hatte den Bericht des amerikanischen Fernsehens ein paar Augenblicke lang verfolgen können, bevor die Übertragung abgebrochen wurde. Und auch da noch hatte Tomoko gedacht: *Welchen Unterschied macht es schon, ob es nun Menschen sind oder Echsen?* Einen Anthropologen kann so leicht nichts erschüttern. Es machte ihr merkwürdigerweise überhaupt nichts aus, daß diese Aliens Reptilien waren. Und sie hatte Science-fictions gelesen, seit sie ein Kind war. Die Wahrscheinlichkeit, daß sich eine hundert Prozent menschliche Rasse auf einem anderen Planeten entwickeln könnte, war sehr gering, von der Wahrscheinlichkeit, daß sie die erste zivilisierte Gesellschaft wäre, auf die die Menschen stoßen würden, ganz zu schweigen. Leben und leben lassen, hatte sie gedacht. Außerdem taten sie niemandem etwas Böses, und letztendlich konnte die Menschheit sogar noch von ihrer Technologie profitieren. Das Gerücht, sie würden Menschen fangen und für den außerplanetarischen Verzehr einpökeln lassen, hielt sie für typisch menschlichen, Chauvinismus. Wieder so ein Sci-fi-Klischee. Wie sie es in *The Twilight Zone* gesehen hatte, heiliger Bimbam!

Dann hatten sie das Dorf gestürmt, und als sie aufwachte, hing sie zusammengeschnürt in einem Fleischregal, in einem gallertartigen Korb in bizarren Säften gebadet – vielleicht sollte sie mariniert werden oder ähnliches –, und da wußte sie, daß dies keine Fernsehserie oder ein schlechter Traum war. Es war die Wahrheit... sie fraßen Menschen.

Wie lange war sie im Tiefschlaf gewesen? Jahre? Und was würde jetzt geschehen? Sie hatten ihr gegenüber den Namen Fieh Chan erwähnt, und sie hatten ehrfürchtig von ihm gesprochen. Sie hatte von ihm gehört, ihn auch schon im Fernsehen gesehen. Er war der weise und ruhmreiche Führer der Visitors in diesem Sektor der Erde. Aber wenn er der Führer dieser Kreaturen, die ihr Dorf erobert hatten, war, konnte er kaum so weise und ruhmreich sein. Wenn er einer von ihnen war, fraß auch er Menschen.

Und hier warte ich auf ihn wie ein verführerischer Leckerbissen...

Plötzlich spürte sie eine Hand auf ihrer Schulter.

Sie sprang zurück. Ein Schrei starb auf ihren Lippen. Sie sah sein Gesicht dicht neben sich. Sie erkannte es sofort wieder; wer würde das nicht? Es war das berühmteste Gesicht in diesem Teil der Welt.

Ernst sah er sie an. Seine Maske stellte einen vitalen, älteren Mann mit grauem frisiertem Haar dar. Er beobachtete sie lange, bis sie das Gefühl hatte, seine Augen würden sich durch sie hindurchbohren. Sie zuckte zusammen, als er sich vorbeugte, um mit einer ihrer Haarsträhnen zu spielen.

»Sie hatten recht«, sagte er auf englisch. »Ein wirklich außergewöhnlich schönes Exemplar.« Er hatte einen leicht britischen Akzent, und obwohl sie wußte, wie dumm das war, fühlte sie sich ihm deswegen unterlegen.

»Bitte nicht«, bat sie ihn.

»Sie wollen sich mir widersetzen?« Das schien ihn zu amüsieren.

»Habe ich denn eine Wahl?« antwortete sie verbittert.

»Nein.« Wieder schaute er sie an, seine Lippen zuckten.

Eine schreckliche Faszination ergriff sie, als sie seine Hand spürte, die über ihre Wange und ihren Nacken glitt, ihre Schultern und Arme liebkoste. »Sagen Sie mir, was macht eine Frau wie Sie in einem so gottverlassenen Teil Japans, den wir erobert haben, weil wir überzeugt waren, daß sich kein Fremder hier aufhalten würde? Meine Strategen versicherten mir, daß man dieses Dorf unbemerkt würde verschwinden lassen können.«

Die Art, wie er sie ansah... Plötzlich wurde ihr bewußt: *Eine Echse will mit mir schlafen, und dann werde ich getötet!* Widersprüchliche Gefühle stiegen in ihr auf. Sie konnte sich nicht mehr unter Kontrolle halten. Und plötzlich kam es wie ein Schwall über ihre Lippen, alles: ihre Identitätskrise als Kind, ihre Heirat mit dem gutaussehenden, etwas machoartigen Kampfsportexperten mit seiner viel zu teuren Karateschule in dem Vorort, ihre vor kurzem aufgetretene Rückbesinnung auf ihre Wurzeln. *Was ist nur mit mir?* dachte sie entsetzt. *Warum offenbare ich mich so vor einem Alien von einem anderen Planeten?* Und während sie das dachte, begann sie sich zu schämen.

Kapitel 3

Dann war es vorbei. Erschöpft von ihrem Gefühlsausbruch sank sie auf das Futonbett. Daneben stand ein niedriger Beistelltisch mit lackierter Oberfläche; darauf zwei Teeschalen und alle Utensilien, die man für die traditionelle japanische Teezeremonie braucht. An einer Wand hing ein Schrein im japanischen Stil mit einer Buddhastatue; offensichtlich eine wertvolle Antiquität. Sie schätzte, daß es sich um ein Objekt aus dem 17. Jahrhundert handelte. Zu ihrer Überraschung hockte sich Fieh Chan vor den Tisch und begann Tee einzuschenken, mit der korrekten eleganten Handbewegung. Nach einem Augenblick tiefen Schweigens überreichte er ihr eine Schale duftenden grünen Tees. »Das wird Ihnen helfen.« Er sah sie nicht an. »Meine Sanftmut überrascht Sie? Ich, der skrupellose Eroberer?«

»Sie sind Fieh Chan«, antwortete sie und zitterte innerlich. »Einmal sah ich im Fernsehen, wie Sie die totale Vernichtung einer ganzen Stadt befahlen.«

»Aber auch ich bin ein Wesen zweier Welten. Auch ich quäle mich. Können Sie das glauben?«

»Ich weiß sehr wohl, daß niemand, ob Mensch oder Alien, eindimensional ist. Durch Professor Schwabauer lernte ich...«

»Lassen Sie mich Ihnen etwas zeigen, das unsere Macht verdeutlicht«, erklärte Fieh Chan und stand plötzlich auf. Er klatschte in die Hände.

Schon schoben sich die *Shoji*wände auseinander, und die Bambusrolläden wurden zur Decke hochgezogen. Sie blickten jetzt auf das Panorama einer riesigen Stadt. Wolkenkratzer schossen in wildem Durcheinander hoch, Neonzeichen glitzerten. In einiger Entfernung stand eine exakte Kopie des Eiffelturms, nur daß er rot statt grün war. Autos schoben sich durch die Straßen, und Menschen drängten sich auf den Bürgersteigen. Es war die geschäftige Metropole Tokio.

»Schauen Sie genauer hin, Tomoko«, forderte sie Fieh Chan auf, zog sie vom Futon hoch und ließ sie so nahe an den Bildschirm treten, daß ihre Nase fast die Scheibe berührte. »Die Bildschirme spiegeln uns doch eine perfekte Illusion vor, nicht wahr? Schauen Sie. Sehen Sie dort den Schatten eines Kreises, der das Zentrum der Stadt, das Ginza-Gebiet, bedeckt?« Jetzt sah sie ihn: einen dunklen Fleck, zu regelmäßig, um der Schatten einer Wolke zu sein. Er verschluckte das Takashimayageschäftsgebäude, das Tokyugebäude, sogar... »Ja, auch dort das kleine Stück Amerika in Tokio, das McDonald's an der Ecke der Ginza. Und wissen Sie, was dieser Schatten wirft?«

Sie nickte erstarrt.

»Ja. Unser Mutterschiff! Das ist es, was ich mit Macht meine, Tomoko! Wundert es Sie, daß ich mir Sorgen mache? Aber ich muß gehorchen.«

»Warum erzählen Sie mir das alles?«

»Warum nicht? Man sagt mir nach, ich hätte die Gewohnheit, weitschweifig zu werden, mich zu rechtfertigen, bevor ich mir erlaube... ah... Auf keinen Fall besteht irgendeine Gefahr.«

»Sie können mich immer noch töten lassen«, gab Tomoko verbittert zu bedenken.

»Oder konvertieren lassen. Zweifellos haben Sie von unseren Konvertierungszellen gehört. Ja, wir sind in der Lage, euch einer totalen Gehirnwäsche zu unterziehen, so daß ihr uns total hörig werdet, seelenlos und absolut gehorsam.« Sie schauderte und starrte hinunter auf die Stadt. Als sie genauer hinsah, erkannte sie, daß manche Gebäude nur noch Schutt und Asche waren und daß große Teile der Stadt nur noch aus Steinwüsten bestanden.

»Es war nicht leicht, diesen Teil der Welt unter Kontrolle zu halten«, erklärte Fieh Chan traurig. »Speziell die Japaner scheinen den Tod nicht zu fürchten. Es gab ständig Kamikazeangriffe auf unsere Mission in der Ginza.«

»Was haben Sie denn erwartet? Sklavische Unterwerfung?« *Sie werden mich sowieso töten,* dachte sie. *Und ich sage alles, was ich denke.*

»Ich hatte nicht die Absicht, diese Stadt zu zerstören. Oh, ich muß Vergessen finden«, erklärte Fieh Chan. Seine Augen schimmerten, aber ihr Glanz war der Glanz eines Aliens, dahinter verbarg sich kaltes zitronenfarbenes Feuer. »Und Sie sind eine sehr schöne Frau. Mein Lieutenant hat gut gewählt.«

»Schön! Woher wollen Sie das wissen? Wir sind Fremde. Oh, ich habe gehört, wie sie über mich diskutierten, als wäre ich ein Steak. ›Häßliche, haarige Wesen‹, nannte einer von ihnen uns. Was wollen Sie schon in uns sehen?«

»Wir haben einen Mythos, Tomoko«, begann er zu erzählen, und sein Blick schweifte in die Ferne. »Man sagt, daß einst menschenaffenartige Kreaturen unsere Welt regierten, so wie die Dinosaurier einst die eure. Angeblich gab es vor dem Beginn der Zivilisation einen großen Krieg, in dem die Rasse der Menschenaffen besiegt wurde. Seitdem hat sie sich zurückentwickelt. Natürlich ist das nur eine Sage. Aber vielleicht verstehen Sie jetzt, warum eure Rasse uns so fasziniert. Auf der einen Seite seid ihr eine lächerliche Obszönität – sprechende Menschenaffen, wie ist das nur möglich? –, auf der anderen Seite weckt eure Existenz in uns Sehnsüchte nach einer Welt, die es nicht mehr gibt, nach dem Goldenen Zeitalter, bevor wir zu Kriegern wurden. Aber das ist Ketzerei. Sie werden mit niemandem darüber sprechen.«

»Nein. Das werde ich nicht«, versprach Tomoko und fühlte sich immer mehr zu ihm hingezogen, obwohl sie wußte, daß seine Haut künstlich war und sich dahinter Schlangenschuppen und ein Aliengehirn verbargen. Etwas an ihm war anziehend; es war seine Verletzlichkeit. Matt war immer so unnachgiebig gewesen, so voll mit diesem grenzenlosen männlichen Ego.

»Denken Sie gerade daran, daß Sie Ihrem Mann treu sein müssen? Er ist Karatelehrer, erzählten Sie mir?«

»Mehr als das. Er ist Experte für mehr als zwölf Arten des Kampfsports. Er ist einer der Besten im ganzen Land, wirklich. Einmal war er sogar im *People Magazin.*«

»Sie sind stolz auf ihn.«

»Ich denke schon.« Sie dachte an die endlosen, langweiligen Turniere und die Wände voller glitzernder Trophäen, und daran, wie oft sie ihn deswegen angeschrien hatte. Was er wohl gerade machte? Ob er in einem Fleischschrank über Los Angeles hing?

»Aber ich spüre, daß Sie auch mich anziehend finden«, meinte er plötzlich. »Es ist gegenseitig.«

»Ich sehe Ihr wahres Gesicht nicht«, erwiderte sie.

»Aber Sie kennen es. Sie spüren es. Ich bin die Schlange in eurem Paradiesgarten. Ja, auch wir haben solche Legenden. Der verführerische Menschenaffe, der versucht, uns vom Höhepunkt unserer Zivilisation zu vertreiben. Ja!« flüsterte er barsch, mit einem metallischen Klang in seiner Stimme. »Darum müssen wir euch vernichten, euch fressen, euch vergewaltigen, grausam zu euch sein! Weil wir uns niemals eingestehen dürfen, daß ihr vielleicht genauso intelligent sein könntet wie wir. Das würde unser Glaubenssystem zerstören und die archetypischen Muster unseres Bewußtseins!«

»Ja«, gab sie zu. Sie wußte durch ihre anthropologischen Studien, daß die Beziehung zwischen Mensch und Schlange unauslöschlich im menschlichen Bewußtsein verankert war. Sie hatte während der gesamten Geschichte existiert, vielleicht sogar schon vor der Entwicklung des Menschen. Schimpansen, so erinnerte sie sich an ihre Laborarbeit, ziehen sich krampfartig vor einer Schlange zurück. Ihre Angst steht in keinem Verhältnis zur wirklichen Gefahr. Aber in diesem rassischem Horror – einem gegenseitigen, wie sie gerade erfahren hatte – gab es auch eine Faszination, die ebenso gegenseitig sein konnte. Jede Rasse schien für die andere alles das zu repräsentieren, was gemein war, sowohl bei den Menschen als auch bei den Reptilien. *Aber wie komme ich dazu, mir gerade jetzt darüber Gedanken zu machen?* überlegte sie. *Jesus, ich befinde mich mitten in einer Schlangengrube und entwerfe im Kopf eine Doktorarbeit, statt zu schreien!* Wild schaute sie sich nach einem Fluchtweg um, wußte aber, daß es zwecklos war...

Er legte seine Arme um sie. Sie war größer als er. Wieder diese Augen, die sie durchbohrten, sie hypnotisierten. *O Gott*, dachte sie, *ich werde ihn küssen, und ich glaube, es wird mir gefallen.*

Plötzlich ertönte ein Alarmsignal.

Die Bildschirme, die eben noch das Panorama Tokios zeigten, gingen aus. Fieh Chan bellte etwas in seiner metallischen Aliensprache. »Was ist los?« schrie sie. Von draußen hörte man Schreie, Rufe, Reptiliengekreisch, Panik.

»Was hat das zu bedeuten?« schrie sie wieder.

»Was das zu bedeuten hat?« wiederholte Fieh Chan. »Sieh!«

Sie starrte auf die Bildschirme, die jetzt in schneller Folge von einer Szene zur nächsten wechselten.

Sie sah Ballons durch die Luft fliegen, die wirbelnde Wolken roten Staubes hinter sich herzogen.

Im Inneren eines anderen Raumschiffes sah man Visitors zusammenbrechen, sie rissen sich ihre menschlichen Masken vom Gesicht, so daß man ihre Schlitzaugen und ihre grünschuppigen, schreckverzerrten Gesichter sah. Die Nahaufnahme eines schreienden Reptils zeigte, wie sein Fleisch zerschmolz. »Dianas Schiff!« sagte Fieh Chan. »Es ist ihnen gelungen, das oberste Kommando zu unterwandern!«

Deutlich hörte man jetzt eine Stimme aus dem Tumult heraus: »Fieh Chan, wir vermuten, daß der toxische Staub in etwa zwei Stunden Japan erreicht haben wird – vielleicht schon früher! Spurenelemente sind bereits jetzt in der Luft. Viele unserer Mannschaftsmitglieder sind schon zusammengebrochen.«

Auf dem Bildschirm sah man jetzt, wie die anderen Mutterschiffe aus der Erdatmosphäre schossen und durch die Stratosphäre jagten.

»Schnell! Wir müssen fliehen!« drängte Fieh Chan. »Folg mir, oder ich werde sterben. Und dann könnte ich nicht mehr für deine Sicherheit garantieren!«

Er griff nach ihrer Hand und lief auf den Schrein in der Wandnische zu. Er hob die Buddhastatue an, die sie vorher so bewundert hatte. Plötzlich öffnete sich die Wand und... sie standen auf einem Landedeck. Ein Shuttle stand vor ihnen. »Wir haben keine Zeit zu verlieren! Klettere hinein!« befahl Fieh Chan.

Ein Gedanke durchzuckte sie – *Ich trage immer noch das Schlafgewand!* –, dann kletterte sie in das enge kleine Raumschiff. Fieh Chan folgte ihr und drückte einige Knöpfe auf der Konsole. »Wir müssen verhindern, daß auch nur ein Luftzug hineinkommt, oder das Toxin wird eindringen.« Sie bewunderte, wie logisch er trotz des Stresses handelte. »Schnall dich an! Und übernimm einen der Steuergriffe!«

»Was ist das, dieses Toxin? Was bewirkt es?«

»Was es bewirkt?« Das Summen des Shuttles zeigte die Bereitschaft zum Abheben an. »Es bewirkt, daß wir am Ende sind – daß unsere Herrschaft über die Erde gebrochen ist! Eure Widerstandsbewegung hat etwas gefunden, das uns tötet, begreifst du das nicht? Und jetzt sei still, sonst bringe ich das Ding hier nie heraus.«

Fest zog sie ihr *Yukata*gewand um ihren Körper. »Freiheit?« fragte sie sanft.

»Ja, Freiheit!« erwiderte Fieh Chan, und seine Stimme klang auf einmal sehr müde. »Aber für mich…«

Dann öffnete sich eine Stahltür, und mit einem gewaltigen Donnern stiegen sie auf in den Himmel über Tokio.

Kapitel 4

Sie jagten hinunter in den riesigen Schattenkreis über Tokios Zentrum. »Schrei nicht herum!« fuhr Fieh Chan sie an. »Das ist eine Zweipilotenmaschine. Ich kann sie nicht allein fliegen.«

»Ich schreie nicht!« schrie sie und griff dann wie betäubt nach dem Hebel, den er ihr zugewiesen hatte. »Wir stürzen genau in…«

Jetzt spiegelte sich das kleine Raumschiff im Takashimayageschäftsgebäude, dessen farbenfrohes Fahnenzeichen im Wind wehte. Instinktiv duckte sie sich. Über ihnen verdeckte das Mutterschiff den Himmel. Sie schienen direkt in das Gebäude hineinzuknallen. Sie konnte die Galerie erkennen und die Schaufensterpuppen in den Fenstern, die die neueste Kenzo-Mode vorführten, als plötzlich…

Sie schnellten hoch in den Himmel! Sie kippten zur Seite, drehten einen Salto um einen der Wolkenkratzer und flogen einen Augenblick lang mit dem Kopf nach unten weiter…

Dann hatten sie sich wieder gefangen.

Tomoko schaute hinunter.

Menschenmengen: zornig, frohlockend, randalierend. Leute verstopften die Straßen, liefen zwischen den Autos hin und her, rissen die Roboter der Verkehrspolizei von ihren Podesten (sie hatte die Robotpolizisten immer gemocht; sie waren wie aus einem Science-fiction-Film), Bremsen quietschten, Autos krachten ineinander, Menschen drängelten, hasteten, deuteten in den Himmel, und während das Shuttle sich einen Weg zwischen zwei gläsernen Wolkenkratzer bahnte, schaute sie in die Richtung, in die die Menschen zeigten, und sah...

Der ganze Himmel war rot! Und sie sah das Mutterschiff, das seinen schrecklichen, furchteinflößenden Schatten über die Straßen der Metropole geworfen hatte, langsam, ganz langsam seinen bisherigen Platz verlassen, abdrehen und den rotgefärbten Wolken entgegenschweben.

»Endlich ist es doch passiert«, freute sie sich. »Wir sind frei, wir haben uns von euch befreit!«

»Übernimm die Kontrollen.« Fieh Chan hustete, und seine Augen waren blutunterlaufen. »Ich glaube... ich glaube, es ist ein Leck im Ventilationssystem. Der rote Staub muß...«

Sie stürzten ab. Gleich würden sie aufprallen! Sie schloß die Augen und schlug mit den Fäusten auf die Konsole, hoffend, betend. Sie schossen aufwärts. »Das ist es. Bring uns hoch über die Toxinschicht«, keuchte er.

Jetzt waren sie auf dem Weg nach oben. Sie sah den roten Staub unter ihnen, der sich ausbreitete wie kochendes Blut. Fieh Chan atmete jetzt langsam und unregelmäßig. »Ich werde sterben, wenn... ich mich nicht in die Druckhaut wickle... hinten im Shuttle...« Er kroch zum Heck des Raumschiffs und zog ein Plastikpaket aus einem Behälter. »Wir dürfen keinesfalls an Höhe verlieren!« krächzte er in seiner Reptilienstimme. Sie hielt die Kontrollhebel in Position, ein Auge fest auf ein Instrument gerichtet, das sie für einen Höhenmesser hielt, obwohl die Markierungen Hieroglyphen waren, die sie nicht verstand. Fieh Chan bahnte sich jetzt wieder einen Weg nach vorn.

Nie in ihrem Leben würde Tomoko Jones vergessen, was sie jetzt sah.

Er drückte seine Finger unter die Haut und begann vorsichtig vom Rand her, sich seine menschliche Maske vom Gesicht zu ziehen. Glitzernde, schleimige Reptilienschuppen erschienen unter der Haut. Sie waren gesprenkelt, ein Dutzend grünfarbiger Schattierungen. Er begann die Maske auseinanderzureißen. Nie würde sie das Geräusch von reißendem Dermoplasma vergessen, die schleimige Ausdünstung, die aus den Schuppen drang. Er fuhr fort, zerrte sich die menschlichen Kleider vom Körper und warf sie auf den Boden des Shuttles. Die Haut seines Nackens, seiner Brust, die gekrümmten Klauen, die durch das zerfetzte Fleisch hervorlugten; sie waren so scharf wie die Wurfsterne, mit denen Matt ihr früher immer Angst eingejagt hatte. Die fremdartigen Gelenke unter seiner Alienmuskulatur – er war genau an den falschen Stellen knochig und weich, dachte sie. Ein Monster aus ihren Kindheitsalpträumen, aber auf schreckliche Weise irgendwie schön.

Schnell warf er den Inhalt des Plastikpakets über sich. Es zischte, als er sich auf seiner Haut verteilte. »Noch nicht einmal eine Bakterie kann durch diese molekulare Schutzschicht dringen«, erklärte er, »trotzdem ist sie sauerstoffdurchlässig. Es ist meine eigene Erfindung, ein Prototyp. Aber es gibt nicht viele davon. Jetzt ist der Zeitpunkt gekommen, ihn zu testen. Schnell jetzt. Bring uns weg von Tokio, von der Yokohama Bucht, hinaus aufs offene Land. Dort wird es leichter sein. Ich bin vakuumdicht verpackt.«

»Aber der Höhenmesser«, protestierte sie, denn der Anzeiger, den sie die ganze Zeit beobachtet hatte, begann gefährlich zu schwanken, obwohl sie das Gefühl hatte, sie hätten nicht an Höhe verloren.

»Das ist kein Höhenmesser. Das ist der Treibstoffanzeiger!« rief Fieh Chan erschreckt. »In zehn Minuten sind wir hin!«

»Was soll ich tun?«

»Warte auf mein Zeichen und drück diesen Knopf!«

Er machte sich für etwas bereit, seine Zunge zuckte vor und zurück in fiebriger Erwartung.

»Jetzt!«

»Aber was wird aus mir?«

»Dort hinten ist ein Fallschirm!«

»Aber ich bin noch niemals...«

»Drück den Knopf!«

Jetzt!

Mit ihrer ganzen Kraft drückte sie ihn herunter. Plötzlich zitterte der Boden unter ihnen, und der Sitz Fieh Chans rutschte nach unten, und sie hörte und spürte einen starken Luftzug...

Er war weg!

Wo war er?

Plötzlich sah sie ihn gen Erde segeln, die rotblaue Seide eines Fallschirmes schoß aus seinem Rücken, seine Augen waren geschlossen. Jetzt öffnete sich der Fallschirm. Er stürzte hinunter in die rote Wolkenschicht. Würde ihn die Schutzhaut davor bewahren, schrecklich sterben zu müssen, von innen her zerfressen zu werden? Während sie ihn beobachtete, wunderte sie sich, warum sie solche Sympathie für ihn empfand, für eine Kreatur, die höchstwahrscheinlich schon Menschen gefressen hatte, die auf diesen Planeten gekommen war, um die Menschen zu unterwerfen und zu versklaven. Er schien zu fallen und zu fallen, endlich wurde er von der Staubwolke verschluckt. Sie konnte nicht erkennen, ob er tot war oder lebte.

Aber irgendwie wußte sie, daß sie ihn nicht das letzte Mal gesehen hatte.

Ihr blieben nur noch wenige Minuten. Das Raumschiff steuerte wieder auf die Stadt zu, außer Kontrolle. Der Treibstoffanzeiger stand auf Null – das war gewiß! Das Shuttle wirbelte durch die Luft. Sie kroch nach hinten und suchte nach etwas, das einem Fallschirm ähnlich war...

Da, war es das? Sie hatte nie zuvor einen Fallschirm in verpacktem Zustand gesehen; immer nur Leute, die ihn benutzten, in der Wochenschau oder in Abenteuerfilmen. Aber sie hatte keine Zeit mehr nachzudenken! Sie schnallte sich ihn um und ging wieder nach vorn. Sie knotete ihren *Yukata* fest um ihre Taille, hatte plötzlich Schamgefühle und stellte sich in die gleiche Position wie Fieh Chan vorhin... dann schlug sie mit der Hand auf den Knopf, den er ihr gezeigt hatte, und...

Panik! Sie war in der Luft! Der Wind zerrte an ihr! Und das Shuttle schwebte ohne Piloten davon. Sie sah, wie es immer mehr außer Sichtweise geriet, schließlich einen Lichtblitz, weit weg, durch den roten Nebel der Staubwolke.

Dann zog sie die Reißleine.

Einen Augenblick lang passierte nichts, und sie dachte: *Jesus, Gott, das ist gar kein Fallschirm, das ist irgendeine Alienerfindung, die gar nichts mit Fallschirmspringen zu tun hat, vielleicht ist es nur ein Echsenrucksack oder...*

Und er öffnete sich!

Langsam, so langsam, begann ihr Fall...

Bläulich schimmerten die geziegelten Dächer mit den geschwungenen Rändern... im Tageslicht zitronenfarben leuchtende Reisfelder voll jungem Reis, und der Wind trug sie in Richtung der zerklüfteten Silhouette Tokios am Horizont.

Mein Leben! dachte sie.

Bilder tauchten vor ihr auf:

Sie war ein kleines Mädchen, und ihre Eltern stritten, und ihre Mutter sagte: »Wir müssen sie im Sinne der alten Tradition erziehen; sie soll aufwachsen und wissen, wer sie ist«, und ihr Vater antwortete wütend: »Wir sind hier in Amerika, Sachiko, und ich möchte nicht, daß du diese Barbarensprache in meinem Hause sprichst«, und Mama antwortete: »Aber warum hast du mich dann geheiratet?«, und so ging es weiter die ganze Nacht lang, und die kleine Tomoko schrie und weinte sich in den Schlaf, klammerte sich an ihren braunen Teddybären in einem Kimono...

Matt, durch den Park laufend, sie bewunderte seinen schweißgebadeten Körper, während sie, das Collegemädchen, sich in ihre anthropologischen Bücher vergrub und Tag für Tag auf der gleichen Bank saß, um ihn laufen zu sehen, ohne jemals den Mut zu haben, ihn aufzuhalten, ihn nach seinem Namen zu fragen, bis er eines Tages fast wie eine geölte Maschine abbremste, sie anlächelte und erklärte: »Nein, ich gehe hier nicht zur Schule; ich trainiere hier nur für ein Turnier, das in drei Monaten stattfinden wird«, und bald danach liebten sie sich und heirateten, und verzweifelt klammerte sie sich an ihn, auf der Flucht vor ihrem Zuhause und der Suche nach ihrer wahren Identität, aber irgendwie war alles bitter geworden...

Plötzlich war der Boden dicht unter ihr; sie war zu schnell. *Ich werde sterben!* dachte sie und spürte, wie sie das Bewußtsein verlor.

Kapitel 5

Jemand stieß sie... Sie bewegte sich. Öffnete die Augen. Ein Junge und ein alter Mann schreckten zurück.

»*Ee! Bijitaa daroo!*« rief der alte Mann, bedeckte die Augen des

Jungen und stieß ihn weg. Schlamm auf ihrem Gesicht, ihren Armen, überall blaue Flecken. *Gott sei Dank bin ich nicht auf der Straße gelandet!* dachte sie, schaute auf und sah, daß die Fahrbahn nur wenige Meter entfernt war. Ein Reisfeld hatte ihren Aufprall abgebremst; 12 Zentimeter schlammigen Wassers, ein Kissen aus sanftem jungem Reis.

Aber was meinte der Mann?

»*Bijitaa da! Bijitaa!*« kreischte der Junge und zeigte entsetzt auf sie.

Was bedeutete dieses Wort *bijitaa, bijitaa*? Oh, jetzt erinnerte sie sich. So sprachen die Japaner das Wort *Visitor* aus. Sie glaubten, daß sie eine von *ihnen* sei! Verzweifelt blickte sie sich um. Der Fallschirm lag ausgebreitet über dem Reisfeld. Und auf der glänzenden orangefarbenen Seide war unverkennbar das Zeichen der Visitors aufgedruckt. Schnell schnallte sie sich los, bemühte sich hochzukommen.

In ihrem stockenden Japanisch, bemüht, die höflichste Ausdrucksweise zu finden, sagte sie: »*Bijitaa ja nai desu... Hito, hito de gozaimasu.*« *Bitte, ich bin kein Visitor. Ich bin ein Mensch, ein Mensch. Oh, bitte.* Ihre Kehle war so ausgedörrt. »Haben Sie Wasser? Wasser? *O-mizu o o-negai shimasu?*« Verdammt, sie wußte nicht, ob sie sich richtig ausgedrückt hatte. Der alte Mann und der Junge starrten sie verwundert an, dann einander.

»Ich bin Amerikanerin«, erklärte sie in langsamem Japanisch. »Ich muß zurück nach Tokio. Ich bin kein Visitor.«

»Madam«, erwiderte der alte Mann, »natürlich sind Sie keiner. Sonst hätte der rote Staub Sie aufgefressen.«

Wasser auf ihrem Gesicht... ein sanfter Sprühregen... die Regentropfen sahen aus wie Blut, da sie Teilchen des Toxins enthielten, das in der Atmosphäre war.

»Sind wir wirklich frei?« flüsterte sie. »Wirklich?«

Der alte Mann sagte: »Ein Alienraumschiff ist zwei Kilometer von hier abgestürzt. Zwei Fallschirme wurden gesehen.«

»Wo ist der andere?« fragte Tomoko und erinnerte sich an Fieh Chans Gesichtsausdruck, durchdrungen von beinahe zenhaftem Frieden. War er jetzt tot? Irgendwie wußte sie, daß er es nicht war. Dieser Reptilienkommandeur hatte etwas ganz Außergewöhnliches an sich.

»Der andere Fallschirm ist noch nicht gefunden. Wenn es ein *Bijitaa* gewesen sein sollte, so ist er zweifellos tot.«

»Bitte helfen Sie mir. Ich muß zurück nach Tokio. Ich muß *nach Hause!*«

Und sofort nahmen die beiden Fremden, überzeugt, daß sie kein Alien war, sie mit in ein kleines Haus auf der anderen Seite des Reisfeldes und gaben ihr Wasser. Der Wind hatte sie weit von der Stadt weggetrieben. Von oben hatte sie so nah gewirkt, aber jetzt schien die Entfernung unüberwindbar zu sein. Aber sie konnte nicht bleiben. Nachdem sie sich überschwenglich bei ihren Helfern bedankt hatte, wankte sie zurück zur Straße. Nachdem sie einige Kilometer gelaufen war, fand sie eine Telefonzelle, mußte jedoch feststellen, daß sie natürlich kein Geld hatte. Sie war sich nicht sicher, ob sie versuchen sollte zu trampen. Nachdem sie Monate in einem kleinen Ainudorf gelebt hatte, fühlte sie sich mit dem Leben der sogenannten zivilisierten Menschen nicht mehr vertraut. *Ich muß es trotzdem versuchen,* überlegte sie verzweifelt. Sie stellte sich an den Straßenrand und streckte den Daumen raus. Sicherlich hatten auch hier die Leute genügend Hollywoodfilme gesehen, um das Handzeichen zu verstehen! Nur sehr wenige Autos fuhren vorbei; die meisten kamen aus der Stadt. Sie entschied sich weiterzulaufen... bei Einbruch der Nacht erreichte sie die äußersten Vororte. In einer Seitenstraße sah sie ein Schild, das auf die Tokioer U-Bahn hinwies.

Aber ich habe doch gar kein Geld! fuhr es ihr wieder durch den Kopf. Aber die Menschen strömten nur so vorbei und ignorierten die Ticketverkaufsautomaten. Mit der Rolltreppe fuhr sie hinunter und entdeckte, daß niemand die Tickets abknipste. Verwundert stand sie einen Augenblick lang herum, dann rief ihr jemand zu, einfach hindurchzugehen. *»Kyo wa saabisu«,* sagte er zu ihr.

»Heute ist alles frei?«

»Heute kümmert sich keiner darum. Heute feiern wir!«

Sie mischte sich unter den Menschenstrom; es dauerte fast eine Stunde, bis ein Zug kam. *Wo soll ich bloß hinfahren?* grübelte sie, während sie wartete. Ihr fiel wieder ein, daß sie ja nur einen schmutzigen *Yukata* anhatte und daß nur die außergewöhnliche Höflichkeit dieser Menschen hier sie davor bewahrte, angestarrt oder angesprochen zu werden.

Im Zug herrschte eine ausgelassene Stimmung. Die Menschen reichten Flaschen mit Sake weiter, prosteten einander zu oder umarmten einander mit Tränen in den Augen. Es mußte also wahr sein – sie waren endlich befreit. Als sie in die Meguro-Station einfuhren, war sie betrunken und sang alle Lieder mit, obwohl sie kein einziges Wort kannte.

Als sie in die neonglitzernde Nacht heraufkam, sah sie die Menschenmassen durch die Pachinko-Arkaden strömen. Händler boten Nudeln an und Hühnerfleischspießchen. Keiner bezahlte etwas. Die Alleen waren so überfüllt, daß es schwierig war, sich einen Weg hindurchzubahnen. Hier und da gab es riesige Freudenfeuer, in denen die Bilder der Echsen verbrannt wurden und um die die Menschen wild herumtanzten.

Sie bog in eine kleine Gasse ab, die zum Kamiosaki-Sektor führte. Sie ging zum Tokioer Büro der anthropologischen Gesellschaft, für die sie gearbeitet hatte. Sie fand es, klopfte an, und ein Wachmann ließ sie eintreten. Er war fröhlich und offensichtlich stark angetrunken, führte sie zu einer kleinen Halle, und…

»Mein Gott!« hörte sie eine erstaunte Tenorstimme oben von der Treppe. Sie erkannte sie sofort. »Wir dachten, Sie seien tot. Sie waren monatelang weg.«

»Dr. Schwabauer!« Endlich jemand, den sie kannte. Vor Erleichterung begann sie zu weinen. »Mein Gott, ich dachte, Sie seien immer noch auf diesem Schiff, in dieser grauenhaften, entsetzlichen Speisekammer.«

Der Professor humpelte die Treppen herunter. Sie schaute ihn an; er strahlte vor Freude und kam auf sie zu, um sie zu umarmen.

»Professor, es klingt albern, aber ich habe Sie noch nie zuvor ohne Schlips gesehen!« Es klang dumm, aber ihr fiel nichts anderes ein.

Er war ein großer, schlanker Mann, kahlköpfig und trug eine randlose Brille. Er war immer so eigen gewesen – analretentiv, nannte sie ihn oft –, aber heute hatte er doch tatsächlich sein Hemd linksherum an. »Ich glaubte, Sie seien tot, ich war mir sicher«, erklärte sie ihm.

»Nein, das deutsche Konsulat hat sich für meine Freilassung eingesetzt«, antwortete er. »Aber was das Ainudorf betrifft, setzte sich keiner auch nur ein bißchen für die Ainus ein. Niemand, bis auf ein paar Anthropologen. Und Sie, Tomoko, hielt ich schon lange für tot. Die Amerikaner hatten keine Chance, ihre Leute aus den Visitor-Festungen herauszukriegen, reine Repressalien wegen der starken Widerstandsbewegung in den Staaten. Und sie haben Sie dennoch laufenlassen?«

»Oh, Professor, ich bin um Haaresbreite entkommen! Ich wäre fast gestorben. Als ich erwachte, hing ich in einer Art Gebärmuttersack, und sie holten mich da heraus, um mich Fieh Chan vorzustellen. Sie wollten, daß ich mit ihm verkehre, oder vielleicht wollten sie mich auch zum Dinner.«

»Sie haben Fieh Chan persönlich gesehen?« fragte Dr. Schwabauer. »Den letzten Nachrichten zufolge muß er eigentlich tot sein. Es gibt keinen Beweis, denn das Toxin macht die Körper unkenntlich. Die Mission der Visitors in Ginza steht total in Flammen.« Ernst schaute er sie an. »Aber Sie haben ja bestimmt noch nichts gegessen, oder?«

»Nichts, bis auf eine Art Salzlösung, oder was immer das gewesen ist, das sie monatelang in meinen Sack gepumpt haben. War es wirklich so lange?«

»Ja. Aber nun ist ja alles vorbei.« Von draußen hörten sie wieder die tobende Menge, Rufe und Jubelschreie und den Donner von Tausenden von Füßen im Viertel über der Megura Station. »Jetzt ist es vorbei.«

»Ich kann es kaum glauben.« Und tief in ihrem Inneren spürte sie, daß sie es nicht glaubte. Irgend etwas stimmte nicht, etwas fehlte. *Sei es Intuition oder was auch immer,* dachte sie, *aber ich glaube nicht, daß sie für immer gegangen sind.*

»Jetzt entspannen Sie sich erst mal. Bald werden Sie nach Hause fahren können.«

Nach Hause, dachte sie. Es schien so weit weg, dieses sonnige Haus in Südkalifornien und der gutaussehende Mann und die Landstraßen und die Jacuzzis und das müßige Geschwätz der Nachbarn. »Nach Hause, nach Hause, nach Hause«, wiederholte sie immer wieder. Und sie konnte nicht aufhören zu weinen.

Später legte sie sich zum Schlafen in ein Bett im europäischen Stil. Über ihr summte ein Ventilator. Im Nebenzimmer hörte sie den Professor auf seiner Schreibmaschine hämmern.

Es war ein so vertrautes Geräusch, sie hatte es jeden Tag draußen bei ihrer Feldforschungsarbeit gehört. Sie versuchte, die rat-tat-tats mitzuzählen; ihre Art einzuschlafen. Aber trotz ihrer Erschöpfung nach diesem ereignisreichen Tag – und sie war sicher, daß dieser eine Tag so voll wie ein ganzes Leben war – konnte sie lange nicht einschlafen. Immer wieder sah sie Bilder aus Südkalifornien vor sich.

Nach Hause zurückkehren. Danach sehnte sie sich. Wirklich?

Aber ständig tauchte das Bild dieses Aliengesichtes auf.

»Er ist tot«, sagte sie laut, um sich selbst davon zu überzeugen. »Sie haben es schließlich in den Nachrichten gesagt.«

Aber sie erinnerte sich daran, daß sie kurz davor gewesen war, ihn zu küssen und zu lieben, und daß sie keinerlei Abneigung dagegen verspürt hatte.

Teil 2 Kalifornien:
Vier Monate später

Kapitel 6

Haataja, Kalifornien: eine kleine Stadt an einem Ende von Santa Ana, nur wenige Minuten von der Straße nach Disneyland entfernt. Ein berühmter finnischer Emigrant hatte der Stadt einst ihren Namen gegeben, aber niemand konnte ihn richtig aussprechen. Wie zum Ausgleich hatten die Straßen dafür die gebräuchlichsten Namen von Südkalifornien. Sie hießen Spruce und Maple und Walnut. Am Schnittpunkt dieser drei Straßen fand man die einzige Einkaufszone der Stadt. Einst war dies der bevorzugte Treffpunkt der örtlichen Teenager gewesen, aber seit es das große Einkaufszentrum Orange Mall unten an der Straße gab, war es hier ziemlich still. Nur wenige Geschäfte machten noch gutes Geld. Das eine war Po Sam's Restaurant – amerikanische und chinesische Küche –, das Essen dort war so ausgezeichnet wie das Dekor schmutzig. Das andere war das Matt-Jones-Institut für Kampfsportarten.

Später Nachmittag: In der Pause, bevor die Abendklasse mit den Erwachsenen begann, schlenderte Matt Jones über den Platz zu Po Sam's. »Hey!« grüßte er und ließ sich auf einem Barhocker nieder. »Was gibt's zu essen, Sam?«

Sam antwortete: »Echsenstew, Matt! Möchtest du kosten?«

»Was? Nach vier Monaten erzählst du immer noch Echsenwitze?« seufzte Matt. Er schaute sich um. Oben aus dem Fernseher grölte laut die Werbung für ein Bier. In einer Ecke stand ein etwa zwölfjähriger Junge und spielte zielsicher an einem Videoautomaten. Es war ein typisches Vorstadtidyll. Kaum vorstellbar, daß sie hier vor knapp ein paar Monaten unter grauenhaftem Terror gelebt hatten, von den Visitors gefangengenommen und wie Vieh auf die Schiffe verladen worden waren als Sklaven – oder als Speisen. »Mach mir irgend etwas«, bat er Sam.

»Echse lo mein? Echse à la king?«

»Ja, was auch immer.«

Er drehte sich um und beobachtete den Jungen an dem Videogerät. Zwischen zwei Durchgängen winkte jener ihm zu und rief: »Hi, Matt.«

Matt erwiderte: »Hi, CB. Hast du schon deine Hausaufgaben gemacht?«

»Hey, sprich mich nicht an. Ich muß was bei diesem ›Galaga‹-Spiel rauskriegen.«

»Was?« Aber der Junge widmete sich bereits wieder seinem Spiel.

Er ist jetzt viel besser drauf als vor einem Jahr, dachte Matt. Und wie so oft wanderten seine Gedanken zurück zu dem Tag, als er dem Jungen das erste Mal begegnet war. Wie sollte er diesen Tag auch vergessen können? Es war der Tag, an dem Tomoko ihn verlassen hatte.

Sie war einfach davongegangen. Er stand da und starrte ihr sprachlos hinterher. Noch nie in seinem Leben zuvor war ihm so etwas passiert. »Wenn es das ist, was du willst«, hatte er gebrüllt, »wunderbar!« Der Platz war zwar ziemlich leer gewesen, aber die Stammgäste von Po Sam's hatten doch herübergeglotzt. »Geh mir doch aus den Augen. Geh in dein gottverdammtes Japan oder wohin auch immer, mir ist es völlig egal!«

Dann war er zurück in die Schule für Kampfsportarten gestapft und hatte die Tür zu seinem Büro hinter sich zugeknallt.

Ein kleiner Junge hatte zu ihm aufgeschaut: ordentlich gekleidet, mit blondem Haar und blauen Augen. In diesem Moment etwas schüchtern.

»Wer zum Teufel bist denn du?«

»Eh, mein Name ist Chris Baer, Sir. Meine Freunde nennen mich CB. Können Sie mich in Ihre K-K-Karateklasse aufnehmen?«

»Entschuldige bitte meinen Auftritt.«

»Ihre Frau hat Sie gerade verlassen?« fragte der Junge so taktlos, wie es nur Kinder sein können. »Ich verstehe das gut«, fuhr er fort. »Meine Eltern sind gerade geschieden worden. Wir haben in Valley gelebt. Mir ist ganz elend, wenn ich nur dran denke.«

32

Er wußte nicht, was er sagen sollte, ob er wütend sein sollte oder weinen, er wußte es einfach nicht. Er starrte den Jungen an wie eine Schaufensterpuppe, dann fing er an zu lachen. Es war einfach so unglaublich, er konnte gar nicht mehr aufhören.

Einige Monate später waren die Visitors gekommen.

Eines Abends, nachdem alle gegangen waren, ging er noch mal ins Büro zurück, um etwas zu holen, als er dort jemanden schniefen hörte. Ein Einbrecher? Ratten? Er drehte das Licht an. Der Junge saß in sich zusammengesunken auf dem großen Schreibtischstuhl. Offensichtlich hatte er heftig geweint. »Hey«, sagte Matt sanft, »was ist denn los?«

CB antwortete: »Ich weiß nicht mehr, wo ich hin soll.«

»Ganz ruhig. Jetzt erzähl mir mal alles. Ich meine, du warst für mich da, als ich eine Krise hatte, nicht wahr? Und ich bin dir dafür noch was schuldig.« Und er setzte den Jungen aufs Sofa, machte ihm ein Tasse heiße Schokolade und hörte ihm zu. Was hätte Tomoko wohl dazu gesagt, wenn sie ihn so gesehen hätte? Sie hatte ihm immer vorgeworfen, er sei ein narzißtischer Macho und würde lieber rumstehen und seine Muskeln trainieren, als sich die Probleme von irgend jemanden anzuhören. Lag es daran, daß sie nicht mehr da war, daß er sich jetzt stärker um andere Menschen bemühte? Er versuchte, nicht mehr an sie zu denken, und wandte seine ganze Aufmerksamkeit CB zu.

»Sie sind tot«, seufzte CB. »Sie sind einfach mausetot.«

»Nun mal ganz ruhig. Wer ist tot?«

»Meine gottverdammten Eltern! Ich weiß nicht mehr, wo ich hin soll. Deshalb bin ich hierhergekommen.«

»Das hättest du nicht tun sollen. Du weißt doch gar nicht...«

»Wieso soll ich denn vor Menschen noch Angst haben? Menschenfressende Echsen schweben über unseren Köpfen. Ich habe sie gesehen – ich werde sie töten!«

»Es ist alles in Ordnung.« Tröstend streichelte er dem Jungen die Schulter. Das war sonst nicht seine Art, und er fühlte sich seltsam dabei. Der Junge zuckte vor Wut.

»Nun, wir sind zurückgegangen, meine Mama und ich. Wir wollten Papa wiedersehen. Sie wollten es noch einmal miteinander versuchen. Und ich traf diesen Jungen wieder, einen alten Freund von früher, Sean Donovan. Sein Vater ist Fernsehjournalist. Wir waren im selben Sportverein, aber jetzt ist er ganz sonderbar geworden. Er redet überhaupt nicht mehr über Baseball oder so, nur noch davon, was die Visitors für coole Typen seien. Er war an Bord eines ihrer Mutterschiffe! Ein anderer Junge erzählte mir dann, daß sie Sean in einen Schlachtraum gesteckt hätten und er in einer K-K-Konvertierungszelle gewesen war. Das wäre der Grund dafür, daß er jetzt so seltsam ist.«

»Donovan, Donovan... Ja, hat er nicht diesen Film gemacht, der zeigte, daß die Visitors in Wirklichkeit Reptilien sind? Viele Leute wollen es trotzdem immer noch nicht glauben.«

»Ich hab' es selbst gesehen, Mann! Ich hab' herausgefunden, daß mein Vater in der Widerstandsbewegung war. Eines Tages kamen sie und stürmten in unser Haus. Ich hab' mich im Wandschrank im Flur versteckt, oben auf dem Regal, das man kaum sieht und wo ich meine ganzen Monsterfiguren aufbewahre. Da gibt es ein Loch, durch das man schauen kann und in den Wohnraum sieht. Ich sah sie die Straße heraufkommen in ihren Uniformen und mit ihren Waffen. Sie klopften an die Tür, und Papa rief noch: ›Mach nicht auf, Judy, nicht. Ich glaube, *sie* sind es.‹ Aber da war es schon zu spät, sie hatte schon die Tür geöffnet und stand da, freundlich lächelnd, und dann packte sie dieser große Visitor, ich sah es, Mann, durch das Loch, dieser Visitor packte sie und schmiß sie durch den Flur, und sie krachte gegen die Wand, und ich sah, daß etwas mit ihrem Genick war, es hing so komisch zur Seite, das hatte ich noch nie zuvor gesehen. Dann lachten sie und lachten, und dann griff sich einer von ihnen meinen Papa und zwang ihn zuzusehen, wie sie... o Jesus, sie... sie fraßen meine Mutter!«

»Mein Gott.«

»Dann töteten sie meinen Vater. Schlugen ihm immer wieder ihre Lasergewehre auf den Kopf. Aber bevor er starb, griff er in das Gesicht von dem, der ihn die ganze Zeit festgehalten hatte – und hielt es plötzlich in der Hand. Ich meine, das Gesicht ging runter wie so eine Art Horrormaske. Es war alles nur Gummi und klebrig und schleimig, und darunter kamen Schuppen zum Vorschein, Schlangenschuppen, und die Augen waren... diese Augen... Ich fürchte mich so, Mr. Jones. Ich wußte nicht, wo ich hin sollte, und Sie sind der einzige Erwachsene, den ich hier in der Gegend kenne.«

Matt war immer ein Einzelgänger gewesen; normalerweise berührte ihn nichts. Aber hier mußte er helfen. Nicht nur, weil sie beide menschliche Wesen waren und der Feind ein Alien… sondern, weil ihm plötzlich klar wurde, daß der Junge ein Bedürfnis in ihm stillte, das er nie zu haben geglaubt hatte. »O Gott«, sagte er und hätte nie gedacht, daß er das jemals laut aussprechen würde, »wie vermisse ich meine Frau. Ich wünschte, sie wäre niemals weggegangen. Ich wünschte, sie wäre hiergeblieben, wir hätten ein Baby bekommen und… aber wie kann ich mir nur so etwas wünschen? Wie kann ich mir wünschen, neues Leben in diese entsetzliche Welt zu bringen, obwohl ich weiß, daß die Eroberer… Teufel sind, entsetzliche Reptilien?« Aber es gab eine gähnende Leere in seinem Leben. Nein, es war nicht Sex… den konnte er jederzeit haben, er war ein attraktiver Mann und wirkte auf Frauen. Nein, es war etwas anderes.

Endlich meinte er: »Schau, Junge, was hast du jetzt vor?«

»Woher soll ich das wissen?«

»Du kannst nicht mehr nach Hause zurück?«

»Ich habe Verwandte in Tempe, Arizona. Die Karneys.«

»Wie willst du da hinkommen?«

»Ich weiß, wo Mama ihr Geld versteckt hat.«

»Aber…« Matt wußte schon, was er jetzt sagen würde, und er hätte schwören können, der Junge auch. »Schau, ich… ich habe ein großes Haus hier in Haataja. Ich habe einen Pool. Ich habe… ich meine, ich lebe hier ganz allein.«

CB lächelte schwach. »Hey, danke, Typ.«

Und so kam es, daß CB bei Matt lebte. Und Matt hatte begonnen, ihm Unterricht zu geben – nicht die Übungen, die er in der Schule lehrte, sondern die Geheimnisse, die er von seinem Meister gelernt hatte. Nicht die üblichen Bewegungen, die man im Fernsehen sieht. Oder die, die er diesen Frauen beibrachte. Die meisten seiner Kursteilnehmer waren Frauen, die sich vor Vergewaltigungen schützen wollten, oder Männer, die sich vor ihren Freunden wichtig machen wollten. Ihnen hatte er nie die *echten* Kampfsportarten beigebracht. Und CB war so begierig darauf zu lernen. Er war immer stark melancholisch; nur das ständige Auspowern durch die Übungen schien die Dämonen aus dem kleinen, geschmeidigen Körper zu vertreiben. Er schien sich in der Phantasie auszumalen, wie er gegen die Visitors kämpfen, ja, sie eigenhändig vernichten würde. Und er bewunderte Matt; er sah sie beide als ein Team, wie Batman und Robin.

Sie waren schon eine eigenartige Familie, entstanden aus einer Notlage heraus, aber irgendwie kamen sie zurecht.

»Der Junge jetzt viel, viel besser«, meinte Sam und knallte einen riesigen Teller dampfender Nudeln mit Fleisch auf den Tisch.

»Was ist das?« wollte Matt wissen.

»Echse ho fan«, erklärte Sam. »Riesenreisnudeln mit zerkleinerter Echse.«

»O hör doch auf!« rief Matt und begann geschickt mit den Stäbchen zu essen. Es war so köstlich, daß er Sam nicht noch mal fragen wollte, was es wirklich war.

»Aber wirklich, der Junge viel besser. Ich weiß noch, wie er erstes Mal hier war. So traurig, und immer weinen. Jetzt glücklich, spielt immer Video.«

»Genau«, grinste Matt und betrachtete voller Stolz seinen Adoptivsohn. »Ich mußte gerade daran denken, wie wir uns das erste Mal begegneten.«

Danach war es lange ruhig; CB stand nur da, aber ohne zu feuern, und Matt hörte auch nicht das typische Piepen des »Galaga«-Apparats. »Brauchst du Geld?« fragte er.

»Nein. Ich lerne gerade den großen Trick, wie man die Maschine besiegt.«

»Wie meinst du das?« fragte Matt neugierig und ging hinüber zu dem Videospiel. Er schaute dem Jungen über die Schulter. Zwei feindliche Raumschiffe waren da, doch CBs Schiff verharrte in einer Ecke und feuerte nicht.

»Meine Freundin Mia Alvarez hat mir davon erzählt. Zunächst einmal vernichtest du alle Schiffe bis auf die zwei hintersten. Und dann wartest du in dieser Ecke hier zehn Minuten, ohne zu schießen. Du wartest nur ab.«

»Zehn Minuten lang?« meinte Matt ungläubig. »Das ist ja kaum zu glauben.«

»Nein. Ich weiß auch nicht, warum das so ist. Ich denke, es hat etwas mit dem Algorithmus zu tun, der die Anzahl der feindlichen Schüsse ausrechnet, aber...«

»Ich verstehe nicht«, gab Matt zu, der wie die meisten Erwachsenen seiner Altersgruppe nur sehr wenig von Computern verstand.

»Okay. Also dann schau zu.« Die beiden feindlichen Schiffe verringerten jetzt ihr Feuer... während einiger Minuten schossen sie nur noch vereinzelt... dann gar nicht mehr. »Zeit zu handeln«, erklärte CB. Er vernichtete die beiden feindlichen Raumschiffe, und sofort füllte sich der ganze Bildschirm mit neuen... und sie schwebten alle herunter, aber... ohne zu schießen! »Siehst du?« rief CB und feuerte wild los, wobei er sein Schiff vor- und zurücksausen ließ. »Wenn du diese Schritte genau befolgst, erreichst du, daß der Feind nicht mehr feuert. Sie feuern nie mehr. Du vernichtest sie alle und wirst selbst nicht getroffen, außer eines von ihnen kracht in deins. Das kannst du drei- bis viermal hintereinander machen, bis du es satt hast. Gestern habe ich vier Millionen Punkte gemacht.«

»Was ist mit deinen Hausaufgaben?« fragte Matt, der es haßte, seine Autorität spielen zu lassen.

»Hausaufgaben – hab' ich doch schon gemacht. Aber weißt du was? Wenn ich dort unten in der Ecke warte, daß die zehn Minuten vorbeigehen, male ich mir immer aus, was ich mit *ihnen* tun würde. Ich meine, mit den Echsen.«

»Sie sind doch weg.«

»Aber genauso könnte man gegen sie kämpfen – du weichst nur ihrem Feuer aus, bis sie glauben, daß wir zu feige zum Kämpfen sind. Wir narren sie, und sie denken, daß sie nun auch nicht mehr feuern brauchen, und dann...«

»Schlagen wir zu!«

»Fürchterlich!« schrie der Junge. Er war jetzt schon im vierzehnten Spieldurchgang, ohne auch nur ein einziges Schiff verloren zu haben.

»Das ist gut, CB. Ich meine, daß du sogar etwas fürs richtige Leben aus diesem Videospiel lernst.« Aber der Junge war jetzt wie in Trance, ganz vertieft in seine Rache an den Reptilien vom anderen Planeten.

In diesem Augenblick hörte er Sam nach ihm rufen. »Hey, dein Essen wird kalt!« Matt ging zur Theke zurück. Jetzt brachten sie im Fernsehen die Nachrichten, und er schaute hoch...

»*Hier ist Ace Crispin mit den Abendnachrichten für Orange County. Godzilla-Filme führten zu Kontroversen in Tokio, Japan, als heute…*«

Mit der Erwähnung Japans wurde seine Aufmerksamkeit geweckt. Sie zeigten einige Bilder von Pagoden und Wolkenkratzern, dann einen Ausschnitt aus einem Film, in dem ein Riesenreptil über Tokio trampelte.

Sprecherstimme: »*Die provisorische Regierung hat ein offizielles Verbot für die Ausstrahlung von sieben verschiedenen Typen von Monsterfilmen ausgesprochen. Experten der Inselnation sind erstaunt darüber. Der neue Kulturminister der japanischen Regierung, Mr. Ogawa, bemerkte…*«

Das Bild zeigte einen älteren Japaner im Anzug, der sich an eine schweigende Menge formell gekleideter Männer und Frauen in Kimonogewändern wandte.

»›*Wir halten es für unangebracht, Antireptilienpropaganda auszustrahlen. Dadurch könnte ein schlechtes Bild auf unsere früheren Bijitaa-Herrscher geworfen werden, die sich einstweilen in den Kosmos zurückgezogen haben. Wir möchten, daß das japanische Volk sich während der Zeit der Zwischenregierung keine falsche Meinung über Reptilien bildet.‹ Mr. Ogawa gehörte während der Zeit der Visitorherrschaft zum japanischen Regierungskabinett…*«

»Mein Gott!« rief Matt. »Soll das heißen… heißt das etwa, daß es noch mal passieren kann?«

Sam nickte wissend. »Ist schon passiert, denke ich.«

»Aber der rote Staub, das Toxin… sind denn nicht alle tot?«

»Wer weiß?« meinte Sam, der die ganze Zeit Berge von Krabben abgepult und einzeln in einen Topf geworfen hatte. »Echse kam einmal, Echse kann wieder kommen.«

Matt dachte an Tomoko. So lange hatte er sich bemüht, nicht an sie zu denken… aber sie war dort irgendwo! Und wenn dieser Alptraum tatsächlich von neuem beginnen sollte, in Tokio vielleicht, dann war sie in Gefahr, vielleicht war sie schon tot…

Lustlos aß er weiter. CB spielte immer noch ›Galaga‹, jedesmal frohlockend, wenn er es wieder ausgetrickst hatte. Er dachte darüber nach, wie es CB gelungen war, den Apparat zu überlisten. *Wie können die Menschen so etwas überhaupt nur lernen?* fragte er sich. *Aber wenn es einer einmal herausgefunden hat, dann weiß es bald jedes Kind auf der ganzen Welt.* Wie der Junge seine Taktik mit dem menschlichen Kampf um Freiheit verglichen hatte. Aber wenn sich die Aliens so verhalten würden wie CBs Schiff – wartend, bis die Menschen ihre gesamten Waffen abgefeuert hatten, um dann wiederaufzutauchen und die Erde zurückzuerobern? Er schauderte.

Jemand kam ins Restaurant. Es war Anne Williams, seine Sekretärin. Außerdem war sie die offizielle Expertin der Schule für *wu shih*, eine Variante des Kung Fu, bei der fünf reale und mythische Eigenschaften von wilden Tieren immitiert wurden. Sie trug ein Stirnband und schwarze genietete Lederhosenträger zu lavendelfarbenen Fallschirmspringerhosen. (Sexy, dachte er.)

»Hier, Matt. Ein Telegramm für dich. Ich dachte mir, du willst es bestimmt gleich lesen.« Sie schob sich eine rote Haarsträhne aus dem Gesicht.

Er öffnete es. War es von Tomoko? Die internationalen Postverbindungen, die während der Alienbesetzung unterbrochen waren, wurden wieder eröffnet, hatte er gehört.

Aber nein. Es war nicht von ihr.

Es war von niemandem, den er kannte.

Es trug auch keine Unterschrift.

Es lautete:

VORSICHT
DER AUSSERIRDISCHE NINJA
KOMMT.

Kapitel 7

Am Abend saß CB in einer Ecke des Büros und beendete seine Hausaufgaben, Anne war schon gegangen, und Matt rechnete die Steuern für das letzte Vierteljahr aus.

»Was wohl gemeint ist mit diesem Telegramm?« überlegte CB laut und schaute von seinem Englischbuch hoch. »Der außerirdische Ninja... Wahnsinn. Bestimmt will uns jemand einen Streich spielen.«

»Ach hör auf«, meinte Matt gequält. Er wollte nicht zugeben, daß es ihn beunruhigte.

»Gibt's was Neues über das Turnier, das du mit Lex Nakashima organisierst?«

»Du, das ist komisch. Seit über einer Woche habe ich nichts mehr von Lex gehört, und er wollte mich eigentlich wegen irgend etwas sprechen. Ich werd' ihn mal anrufen.«

Matt nahm den Hörer und wählte eine Nummer in New York.

»Nein, Matt«, unterbrach ihn CB. »Denk an die drei Stunden Zeitunterschied.«

»Richtig. Er ist jetzt schon zu Hause, nicht mehr bei der Arbeit.« Er legte auf und wählte erneut, diesmal eine Nummer in Westchester. Lex war einer seiner ältesten Kumpels; schon in ihrer Jugend hatten sie unzählige Male gegeneinander gekämpft, und beide waren in unterschiedlichen Kampfsportdisziplinen Landesmeister. Allerdings war Lex, das mußte Matt zugeben, ein kleines bißchen besser als er... aber das machte Matt nicht neidisch.

»Hallo... entschuldige bitte, daß ich dich noch so spät störe...«, begann er.

Am anderen Ende der Leitung hörte er eine Frau schluchzen.

»Crystal, bist du das?« fragte er besorgt. »Was ist los?«

»Er ist weg, auf und davon!«

»Oh-oh«, bemerkte CB, als er Matts Gesichtsausdruck sah. »Probleme, he?«

»Pst, CB! Wie meinst du das, Lex ist weg? Wir müssen das Turnier noch vorbereiten und...«

Jetzt wurde Crystals Stimme spürbar hysterisch. »Er ist letzte Nacht nicht nach Hause gekommen. Ich war einkaufen und... Blutspuren auf dem Bettlaken, ich rief die Polizei, die meinte, es seien Spuren eines Kampfes und...«

»O nein!« Er winkte CB heran, so daß er mithören konnte. »Ist denn vorher etwas passiert, das verdächtig sein könnte? Ich meine, hat er sich mit jemandem gestritten?«

»Nichts. Nein, nur das Übliche, du weißt ja, wie er ist. Aber warte... wir haben vor zwei Tagen so ein komisches Telegramm bekommen.«

»Was stand drin?« fragte Matt, obwohl er schon wußte, was es sein würde.

»Es lautete: ›Vorsicht. Der außerirdische Ninja kommt.‹ Ich denke, das soll ein Witz sein. Du weißt ja, wie die Kinder sind, verkleiden sich als Ninjas und terrorisieren die Nachbarn und solche Sachen, na, du weißt schon.«

»Um Gottes willen, Crystal, ich bitte dich, bleib heute nacht nicht zu Hause!«

»Was denkst denn du…«

»Geh zu Freunden. Geh zur Polizei. Ich denke… Ich denke, daß da was faul ist.«

»Okay, Matt. Mein Gott, glaubst du etwa, daß er…«

»Ich weiß es nicht!« erwiderte Matt. »Bitte sei vorsichtig. *Paß auf dich auf!*« Er legte auf. Zu CB sagte er: »Ich glaube, es ist besser, wenn wir die Stadt für ’ne Weile verlassen. Ich bin nicht mehr der Meinung, daß es sich um einen Scherz handelt. Vielleicht will jemand das Turnier verhindern.«

»Aber Matt, es ist doch nicht als Wettkampf geplant… nur eine Demonstration eurer Fähigkeiten und eures Könnens, stimmt’s? Und das Fernsehen macht eine Dokumentation darüber.«

»Man kann nie wissen«, gab Matt erneut zu bedenken. »Komm schon, laß uns nach Hause gehen und packen.«

»Heißt das etwa, daß ich meine Hausaufgaben nicht zu Ende machen muß?« grinste CB.

»Natürlich nicht! Du wirst schön deine Textbücher einpacken, junger Mann.«

»Mist.«

»Okay. Und jetzt hilf mir noch beim Abschließen, in Ordnung?«

Eine halbe Stunde später hatten sie alles im Büro erledigt. Es war schon dunkel draußen. Sie gingen immer zu Fuß nach Hause; der Weg war nur einen Kilometer lang. Matt hatte nicht ein Gramm Fett an seinem Körper, und er hatte die Absicht, daß das so bleiben sollte.

Der Nachhauseweg: Die Sprucestraße entlang, dann nahmen sie eine Abkürzung zwischen zwei Schnellimbißbuden hindurch, und plötzlich waren sie unter der Autobahn; danach durch ein Wäldchen, und schon waren sie in einem fast archetypischen Vorort.

Sie holten sich einen Hamburger, bevor sie in die Allee einbogen.

»Also, was denkst du darüber?« wollte CB wieder wissen.

»Über was?«

»Na, du weißt schon.«

»Ich... ich weiß einfach nicht, was ich davon halten soll. Hey, sag mal, was sagst du denn dazu, daß sie in Japan das Zeigen von Godzillafilmen verbieten?« Er wollte das Thema wechseln.

»Das dümmste, was ich je gehört habe. Ich fand die immer toll, diese Riesenreptilien, cool, verstehst du, und wie sie diese Hochhäuser zusammentraten. Aber die ganze Zeit konnte man erkennen, daß es in Wirklichkeit als Reptilien verkleidete Typen waren. Und dann rannte ich in Echsen, die sich als Menschen verkleidet hatten... ich finde Godzillafilme nicht mehr so abwegig. Hey, du glaubst doch nicht etwa...«

»Yeah.«

Jetzt bogen sie in die Allee ein.

»Aber was...« Plötzlich bekam er Angst. Er schaute sich um und sah, wie sich eine menschliche Gestalt im Schatten verbarg... ein als Ninja gekleideter Mann. »CB!« schrie er. Ein zweiter Ninja kletterte gerade die Wand herunter. CB wirbelte herum, sprang hoch und trat ihm in die Rippen, machte zwei Saltos durch die Luft und stand sicher wieder auf seinen Füßen. Ein metallischer Schrei drang aus der Kehle des Ninjas.

»Der andere!« schrie der Junge.

Matt schlug um sich. Der Ninja duckte sich geschickt und schien mit der Dunkelheit zu verschmelzen. »Nein, das wirst du nicht!« brüllte CB und rammte ihn. Der Ninja stöhnte und versuchte aufzustehen.

»Das sind keine wirklichen Ninjas«, meinte Matt. »Sie haben keine Ahnung vom Kämpfen, sie sind so elegant wie Elephanten. Sie haben sich nur verkleidet. Wir werden es ihnen zeigen, Robin!«

»Hey, Batman!« schrie der Junge und duckte sich abrupt, als der zweite ihn wie ein Tiger ansprang. Er knallte gegen die Wand. CB lief auf ihn zu und begann auf ihn einzuschlagen. Seine kleinen angespannten Handkanten wirbelten wie Messer durch die Luft.

»Hey, bleib cool... ohne Wut«, versuchte Matt ihn zu besänftigen. »Du must cool bleiben. Wie ein Eisberg.«

CB atmete schwer; der Ninja glitt zu Boden. »Wo ist der andere geblieben?«

»Ich denke, er ist abgehauen.«

»Sei dir da nicht so sicher.«

»In Ordnung.«

Plötzlich sprang er von oben herunter, wie eine Katze...

»Yaaa!« brüllte Matt und hielt seinen Körper ganz ruhig, während er seine ganze Kraft in seine Arme lenkte und schließlich in seine Fingerspitzen – der Ninja stürzte auf den anderen auf dem Bürgersteig, gerade als es dem gelungen war, sich hochzuhieven und wegzukriechen.

Der eine, der sie angesprungen hatte, rannte in die Nacht.

Sie schauten einander an und dann auf den, der zu ihren Füßen lag.

»Gute Arbeit«, nickte Matt.

»Ich denke, wir sollten die Bullen rufen«, bemerkte CB. »Ich meine, glaubst du, daß wir zu Hause sicher sind?«

»Warte mal! Schau mal!«

Matt kniete sich runter. Plötzlich hörten sie ein eigenartiges Zischen, so als würde Gas aus einem Luftballon entweichen. CB fragte überrascht: »Was ist denn das für ein Geräusch? Ist er tot?«

»Ich weiß nicht.«

Matt begann, die Maske vom Gesicht des Ninjas zu entfernen... wieder dieses Zischen... er löste mit seinen Händen etwas Durchsichtiges, wie eine Art Plastikmembrane, ab. Es roch süß, wie Amylacetat.

Sie betrachteten jetzt das Gesicht ihres Angreifers. Es war das Gesicht eines Asiaten, eines jungen Mannes. Matt zog erneut an der membranartigen Hülle, die mit einem scharfen Laut riß. Es schien noch mehr Luft zu entweichen.

Sie beobachteten, wie sich die Augen ihres Angreifers weit öffneten. Er rief entsetzt: »Nein... nicht die molekulare Druckhaut... mein einziger Schutz...« Und er begann fürchterlich zu schreien.

Dann begann sein Gesicht zu zerschmelzen und zu verkohlen. Matt bedeckte die Augen des Jungen. Auch er wollte eigentlich nicht mehr hinschauen. Aber es ging nicht anders. Er sah, wie die Haut verschwand, sah die glitzernden grünen Schuppen darunter, sah die eiskalten, topasfarbenen Augen, sah, wie sich der Echsenmann vor Schmerzen krümmte, als sein Fleisch verbrannte...

»Laß mich zusehen, Matt! Ich will ihn sehen, sie haben meine Mama und meinen Papa getötet...«, kreischte der Junge.

»Nein. Nein, Junge.« Der Junge riß Matts Hand von seinen Augen und starrte hin, starrte unentwegt, sein Gesicht war vor Wut völlig verzerrt.

»Nun komm schon. Wir müssen jetzt gehen. Wahrscheinlich müssen wir die Stadt verlassen.«

»Ich will kämpfen! Ich will sie töten!«

»Hör auf... hör doch auf, CB. Komm jetzt, Junge.«

Ein letztes Mal blickte er auf das zischende zerschmelzende Etwas, das vor kurzem noch gelebt hatte. Das Stück des durchsichtigen Plastiks, das er dem Visitor vom Gesicht gezogen hatte, wirbelte im nächtlichen Wind. Er griff danach. Vielleicht war es noch für irgend etwas nützlich... vielleicht für jemanden in der Widerstandsbewegung. Falls es die Widerstandsbewegung noch gab. Wenn sie nicht schon ihre Waffen weggepackt hatten wie die Raumschiffe in diesem Videospiel.

Langsam gingen sie nach Hause.

In der Nacht träumte CB davon, wie die Visitors damals in ihr Haus eingedrungen waren. Er wachte auf. Aber jedesmal, wenn er wieder die Augen schloß, sah er sie erneut. Er hatte ihre Augen gesehen. Er hatte das Blut aus ihren Mäulern tropfen sehen. Er wachte auf. Schreiend.

Eine kleine Gestalt stand in der Tür zu Matts Schlafraum.

»Kann ich reinkommen?«

»Sicher.«

»Es tut mir leid, aber...«

»Wieso schläfst du nicht?«

»Ich bin selbst schuld, Matt! Obwohl du mir die Augen zugehalten hattest, mußte ich hinsehen, *ich mußte!* Verstehst du?«

»Ich verstehe.« Er winkte den Jungen zu sich in den Raum. CB setzte sich auf das Bett. »Echsen-Ninjas! Ist denn nichts mehr heilig?« ulkte Matt und versuchte, den Jungen zum Lachen zu bringen. Aber CB saß immer noch ernst da.

Endlich sagte er: »Schau, ich weiß, daß es wirklich nicht sehr cool ist, ich meine, ich bin jetzt *zwölf*, aber...«

Matt wartete.

»Aber im Augenblick kann ich nicht allein sein. Ich meine, okay, dreh nicht gleich durch, aber...«

Matt lachte. »Wir beide werden sie vernichten. Du und ich.«

»Danke. Danke... Danke, Dad.«

»Du hast mich noch nie Dad genannt«, Matt war seltsam bewegt. Er legte dem Jungen die Hand auf dessen schwitzige Stirn.

CB drehte sich zur Seite, seufzte, atmete tief und schlief dann ein.

Aber Matt konnte nicht schlafen. Bis zur Dämmerung lag er wach, und in seinen Gedanken spielte sich wieder und wieder ab, was an diesem Tag passiert war. Er versuchte, sich einen Reim daraus zu machen. Bei Sonnenaufgang fiel er endlich für ein oder zwei Stunden in einen leichten Schlaf. Als er aufwachte, bemerkte er, daß sich CB, seit er eingeschlafen war, nicht gerührt hatte.

Vielleicht habe ich alles ja nur geträumt, dachte er.

Dann fiel sein Blick in eine Ecke des Raumes, wo der Fetzen dieses membranartigen Zeugs lag, das er dem Echsenmann vom Körper gerissen hatte. Es flatterte im Zugwind der Klimaanlage. Und da wußte er, daß alles wahr war, viel zu wahr.

»Zeit für die Schule«, flüsterte Matt ganz in Gewohnheit.

Aber der Junge rührte sich nicht, und Matt fiel ein, daß es heute keine Schule geben würde. Er überlegte, ob das Leben für sie beide wohl jemals wieder normal verlaufen würde.

Kapitel 8

Anne schaute von ihrem Schreibtisch auf. »Wo wart Ihr denn den ganzen Tag? Ich mußte eine Vertretung für die Morgenkurse besorgen...«

Sie schaute aus dem Fenster und sah Matts Corvette. »Du bist mit dem *Auto* zur Arbeit gekommen? Das ist ja seit Jahren nicht mehr passiert! Und«, fuhr sie fort, als CB nach Matt eintrat, »wieso ist der Junge nicht in der Schule? Erzählt mir bloß nicht, daß heute ein Feiertag ist oder so was Ähnliches. Und wie seht ihr überhaupt aus, habt ihr in euren Klamotten geschlafen? Hast du mal wieder was angestellt mit dem Jungen, Matthew Jones?«

Matt sagte nichts und ging schnurstracks hinüber in sein Büro; CB folgte ihm. Er sah aus wie ein Geist.

Matt hörte Anne fortfahren: »Na gut, wenn ihr mir nichts erzählen wollt... was ist denn schon eine Sekretärin? Jedenfalls gab's hier fast 6 Millionen Anrufe. Mrs. Mayhew will wissen, ob ihre Söhne Joe und Bill jeden Nachmittag pünktlich fertig sind, um zur Probe ihres Schulstücks gehen zu können, sie spielen *Die Jungs aus Syracuse* unten in Haataja, und Mary Lou will wissen, warum du sie letzte Woche versetzt hast, und...«

»Schließ die Schule«, brüllte Matt von hinten.

»Was? Das soll wohl 'n Scherz sein? Jedenfalls hat sechsmal der Direktor der St. Rita Schule angerufen. Sie wollen wissen, was du den Jungs beigebracht hast, die die Nonnen verhauen haben.«

»Um Himmels willen...« Matt mußte lauthals loslachen, trotz der schrecklichen Geschichte, die letzten Abend passiert war. »Nonnen verhauen?«

»Ach, wahrscheinlich hat Schwester Rose wieder den Mund zu weit aufgerissen.«

»Jesus«, und Matt kam händeringend zurück in das Vorzimmer, »mit was für Problemen soll ich mich hier herumschlagen, und das, wo uns vielleicht eine neue Invasion oder ähnliches bevorsteht?«

»Invasion?« fragte Anne. »Erzähl mir bloß nicht, daß sie schon wieder den Kindern eine neue Drecksdroge in die Spinde schmuggeln?«

»Nein, nein, eine Visitor-Invasion!«

Lähmende Stille. Matt sah, wie CB langsam zum Sofa hinüberging und sich hinsetzte. Der Junge war so ruhig – zu ruhig. Es war schon hart genug für Matt, sich seine eigene Angst einzugestehen, aber...

Plötzlich klingelte das Telefon.

Instinktiv drückte Anne den Knopf und sagte: »Matt Jones Institut, was kann ich für Sie tun?« Sie wartete und trommelte nervös mit den Fingern auf der Schreibtischplatte. »Oh, hallo, Rod. Matt, es ist Rod Casilli.«

Matt meinte: »Ich geh' am besten gleich mal ran. Aber hör zu, du schließt das Institut, in Ordnung? Ich weiß zwar auch nicht, wie du das erklären sollst...«

»Was ist mit den Junior Dragons? Sie lungern bei Po Sam's herum und warten auf ihr wöchentliches Training. Du weißt, was das für Rowdys sind. Sam ist nahe vorm Herzinfarkt.«

»Geh... geh und kauf ihnen Eiscreme und schick sie nach Hause.«

»Aber du erzählst ihnen doch ewig, daß sie nicht so viel Süßes essen sollen und ihre Körper nicht mästen sollen, du weißt schon, der Körper ist der Tempel der Seele und des Universums und...«

»Nur dies eine Mal. Glaub mir doch, es ist ein Notfall.«

»Du bist der Boß.«

»Allerdings.«

Seufzend ging Anne zum Safe und holte einen kleinen Geldkasten heraus. Dann nahm sie einen Zwanzigdollarschein heraus, glättete ihn, rollte ihn zusammen und steckte ihn in ihr Stirnband (auf dem das Abzeichen des Instituts abgebildet war, ein Drachen, der die Sonne verschlingen will), so daß er herausstand wie eine grüne Feder. Dann ging sie hinaus.

Matt ging in sein Büro und nahm den Hörer ab.

»Das wird aber auch Zeit, du Blödmann«, hörte man eine rauhe Stimme am anderen Ende.

»Rod! Mensch, wie geht's dir denn, Alter? Ich hab' ja seit einem Jahr nichts mehr von dir gehört. Kommst du zu meinem großen Auftritt?« Rod Casilli war der größte Experte der Welt für eine längst vergessene Kampfsportart, das *Ikakujitsu*. Die Bewegungen wurden hierbei durch diejenigen eines imaginären Einhorns ausgelöst. Rod trat selten in der Öffentlichkeit auf, und Matt versuchte seit Jahren, ihn aus seiner Zurückgezogenheit herauszuholen.

»Nach all deinen verrückten Telegrammen, die du mir geschickt hast, erwartest du auch noch, daß ich auf deinem Turnier erscheine? Du mußt verrückt sein!«

»Telegramme?« fragte Matt stutzig.

CB schaute hoch. »Ich krieg' so ein komisches Gefühl, Mensch«, meinte er.

»Ja«, brüllte Rod. »Was soll denn dieser Mist mit dem außerirdischen Ninja? Wird von mir erwartet, daß ich sofort nach Kalifornien jette, um Rache zu nehmen oder so? Soll das eine Herausforderung sein? Du weißt doch, daß ich mein Zuhause nie verlasse.«

Das wußte Matt. Rod Casilli hatte sich ein Grundstück mitten in der Wüste von New Mexico gekauft; aber keiner wußte genau, wo es war. Er wußte auch, daß Rod zwanzig Meilen bis zum nächsten größeren Einkaufsladen fahren (oder joggen) mußte – der auch irgendwo mitten in diesem Niemandsland lag –, um anzurufen. Er mußte wirklich wütend sein. »Hey, nun beruhige dich doch, Rod.«

Rod stotterte.

»Hey, wirklich, Rod«, erklärte Matt. »Ich hab' dir kein Telegramm geschickt. Ich hab' selbst eins bekommen. Und auch unser gemeinsamer Freund Lex Nakashima – und der ist spurlos verschwunden, wie seine Frau Crystal gesagt hat. Und letzte Nacht sind CB und ich von zwei Visitors angegriffen worden, die als Ninjas verkleidet waren.«

»Das ist ja die größte Lügengeschichte, die ich in meinem Leben gehört habe«, schnaubte Rod. »Jeder Mensch weiß doch, daß die Echsen in den Kosmos zurückgekehrt sind. Und Visitor-Ninjas… ha, ha, ha. Du bringst mich zum Lachen.«

»Aber es ist wahr!« protestierte Matt.

»Visitor-Ninjas. Hat dich etwa dein schlauer Kleiner so weit gekriegt?«

»Mein Junge kauert in der Ecke und fürchtet sich, ins Bad zu gehen, wegen der Ereignisse gestern nacht.«

»Meinst du nicht, das geht langsam zu weit? Ich meine, für Aprilscherze ist es wohl etwas zu spät, oder?«

Es war zwecklos.

Eine Zeitlang redeten sie über Alltäglichkeiten. Dann meinte Rod: »Jetzt mal im Ernst, Matt. Ich denke, ich kann wirklich nicht kommen. Ich habe einen neuen Job angenommen, ich werde einen Filmstar trainieren, wie ist doch gleich ihr Name, ach ja, Marlene Zirkle. Sie spielt in einer Fernsehserie eine *weibliche* Kung-Fu-Kämpferin im England des 18. Jahrhunderts; so ein Mittelding zwischen Kampfsport- und Liebesfilm. Es ist ziemlich albern, aber sie bezahlen mich so gut, daß ich mir einen elektrischen Zaun um mein gesamtes Grundstück bauen kann. Ich denke, jetzt, wo die Visitors weg sind, können die Medien ruhig wieder den alten Unterhaltungsschund senden.«

»Sie sind nicht weg«, betonte Matt noch einmal.

»Fängst du schon wieder an! Hey, die Schauspielerin kommt wieder, um ein paar Wochen mit mir zu trainieren. Ich werde sie mit diesen Echsen-Ninjas bekannt machen, wir verkaufen das Ganze als Serie und teilen das Geld halbe-halbe, okay?«

Matt seufzte, sagte schließlich: »Mach's gut, Rod«, und legte auf.

Anne stand in der Tür. »Ich hab' sie heimgeschickt. Also, erzählst du mir jetzt endlich, was passiert ist?«

Schnell berichteten Matt und CB ihr, was letzte Nacht geschehen war.

»Das ist ja grauenhaft«, meinte Anne. »Was wollen wir jetzt machen?«

»Ich denke, wir sollten lieber aus L. A. verschwinden, vielleicht in den Mittleren Westen oder so. Oder wir müssen uns hier verstecken. Eine Festung aus unserem Haus machen.«

»Aber warum sind sie ausgerechnet hinter uns her? Ihre Technologie ist unserer achthundert Jahre überlegen. Wieso wollen sie die großen Meister des Kampfsports gefangennehmen – und wohin bringen sie sie?«

»Wer weiß?« seufzte Matt. »Okay, jetzt aber los, laßt uns alles absperren.«

Sie machten einen Rundgang um das gesamte Gebäude; selbst die geheime Eingangstür, die nur der Lehrkörper kannte, wurde doppelt verschlossen. Matt bugsierte ein paar Jungs von den Junior Dragons, die immer noch in der Halle des Instituts warteten, hinaus. Dann schlossen sie sich in Matts Büro ein.

Anne überlegte: »Nun, zunächst einmal müssen wir uns fragen, welcher Zusammenhang zwischen dieser Geschichte und unserer Vorführung besteht, die wir gerade vorbereiten.«

CB meinte: »Wir haben nur die Besten des Landes eingeladen.«

»Gibt es jemanden, den einzuladen wir vergessen haben? Könnten diejenigen auch in Gefahr sein?«

»Du mußt diesen Typen in Oregon anrufen, den Spezialisten für *Takodo*. Das ist zwar eine sehr merkwürdige Schule, aber zweifellos ist er der Beste in seiner Kampfsportart. Wie war doch sein Name? Kunio Yasutake. In Eugene.«

»Ja«, meinte Matt. Die Implikationen dieser Ereignisse verwirrten ihn immer mehr. »Der alte Yasutake. Ich selbst habe *Takodo* nie begriffen. Du mußt dich in die Seele eines Polypen versetzen, und du tust alles, Kraftfelder auszustrahlen, so wie die acht Arme eines Polypen, um Leute zu Tode quetschen zu können. Es ist dem Ringen ähnlicher als unserem Kampfsport. Gut, wie ist die Nummer?«

Sie nannte ihm die Vorwahl und die Nummer aus dem Kopf.

»Wow! Wie machst du das?« fragte CB verblüfft. »Du hast ihn seit Jahren nicht mehr angerufen, vielleicht sogar nie.«

»Weißt du«, erklärte Matt. »Wenn du denkst, Anne kocht Kaffee oder putzt den Schreibtisch, dann memoriert sie in ihrem Gedächtnis den Namen und die Adresse jedes Mitgliedes der Nationalen Gesellschaft für Kampfsport. Weshalb, glaubst du, bezahle ich sie so gut? Warte. Stell die Lautsprechanlage ein, so daß wir alle mithören können.«

»Ich kann deine Gedanken lesen«, lachte Anne.

Gespannt warteten sie darauf, daß jemand abnahm.

Dann meldete sich eine zerbrechliche, altersschwache Stimme: »*Moshimoshi? Yasutake desu.*«

»Ah ... mein Japanisch ist nicht so gut«, antwortete Anne. »Hier spricht Anne Williams, ich arbeite für das Matt-Jones-Institut.«

»Ah, Miß Wirriams! Ihren Namen kenne ich aus dem Verzeichnis der Nationalen Gesellschaft für Kampfsport. Wie charmant.«

»Interessant!« meinte CB aufgeregt.

»Ich wollte Sie fragen, Mr. Yasutake ...«

»Nicht nötig. Sie wollen mich zu Ihrem Turnier einladen, nicht wahr? Ich erhielt heute morgen das Telegramm. Was für eine lustige Idee, dieser ›außerirdische Ninja‹. Ich mußte lachen, so lachen.«

»O – mein – Gott«, stöhnte CB.

»Aber hören Sie, ich kann nicht kommen. Heute erhielt ich einen Anruf von Ogawa-san persönlich, dem japanischen Minister für Kultur. Er bat mich, nach Tokio zu kommen, zu einer großen Demonstration von *Takodo*, das erste Mal in über vierhundert Jahren. Ich fühle mich sehr, sehr geehrt; natürlich kann ich nicht absagen.«

»Gib ihn mir«, bat Matt. Er nahm den Hörer. »Hören Sie, Mr. Yasutake? Hier ist Matt Jones. Ja, ich fühle mich auch geehrt. Hören Sie, ich will jetzt keine langen Erklärungen abgeben, aber ich bin sehr froh, daß Sie die Stadt verlassen. Bitte passen Sie, um Gottes willen, gut auf sich auf. Ich hoffe, daß Sie in Tokio sicher sein werden.«

»Sicher vor wem? Dem außerirdischen Ninja? Schöner Scherz, Mr. Jones. Ich liebe Scherze. Ha, ha.«

Er legte auf.

»Gut, erst mal werden sie ihn nicht so schnell finden«, sagte Anne. »Wen rufen wir als nächstes an?«

»Warte eine Minute. Warte«, meinte Matt plötzlich. »Ogawa, Kulturminister. Wo hab' ich den Namen schon mal gehört?«

»Als ich ›Galaga‹ spielte«, sagte CB. »Ja, natürlich. Der Typ, der die Monsterfilme verboten hat, erinnerst du dich nicht? Zu viel Antireptilien-Propaganda?«

»Oh-oh«, riefen alle gleichzeitig.

»Er ist einer von ihnen. Er muß es sein«, überlegte CB.

»Aber was ist mit dem roten Staub? Hat er in Japan nicht gewirkt?« fragte Anne. »Nein, jetzt erinnere ich mich. In den Nachrichten zeigten sie, wie die Mutterschiffe Tokio, Peking, Seoul, Hongkong, die ganzen fernöstlichen Städte verließen.«

»Vielleicht arbeitet dieser Ogawa für sie«, vermutete Matt.

»Aber welcher denkende Mensch würde das tun – noch dazu, wenn er Mitglied des Kabinetts ist?« gab Anne zu bedenken.

»Nun, es gab auch hier viele Kollaborateure.«

»Vielleicht ist er wie Sean«, fiel CB plötzlich ein.

»Welcher Sean?« fragte Matt.

»Erinnerst du dich nicht? Ich hab' dir doch von ihm erzählt. Er war mein bester Freund. Sean Donovan. Wir haben immer zusammen Baseball gespielt. Dann habe ich ihn lange nicht gesehen, weil wir nicht mehr dort wohnten, und dann, als ich dorthin zurückkam, war er ganz seltsam, total verrückt. Ich meine, er prahlte damit, auf einem Mutterschiff gewesen zu sein. Er wollte auch nicht mehr spielen. Und seine Augen waren... so leblos, total leblos. Ich wußte, daß sie etwas mit ihm angestellt hatten. Denn dieser Junge war nicht mehr der Junge, den ich gekannt hatte. Er war so kühl, versteht ihr? Er wollte nur noch über die Visitors sprechen, über ihre grauenhaften Uniformen und ihre Waffen. Ich denke, sie sind in der Lage, in das Gehirn eines jeden einzudringen und alles auszulöschen, was ihn *einen Menschen* sein läßt.«

Matt fröstelte, als er sah, wie genau sich der Junge nach all diesen Monaten erinnerte. Sie schwiegen. Da standen sie nun, die drei, und starrten einander an. Der Horror ließ sie erstarren. Er konnte es nicht aushalten. Am liebsten hätte er jetzt einen Stapel Ziegelsteine mit der bloßen Hand entzweigeschlagen oder eine Rauferei mit einem halben Dutzend Rowdys angefangen. Es war furchtbar, hier nur herumstehen zu müssen.

Das Telefon klingelte.

Eine Weile ließen sie es klingeln.

»In Ordnung«, meinte Anne schließlich. »Also, wer geht ran?«

Matt hob den Hörer ab. »Matt-Jones-Institut.«

»Matt – um Gottes willen...«

»Rod!«

»Ich hab' sie gesehen! Mit einer schwarzen Limousine sind sie auf das Grundstück gefahren. Zuerst dachte ich, es sei Marlene Zirkle. Dann sah ich sie aussteigen. Die Sonne ging gerade unter. Sie waren schwarz gekleidet. Man konnte nur ihre geschlitzten Augen erkennen. Zunächst dachte ich, es sei die Fortsetzung deines Scherzes, aber es wirkte doch zu perfekt. Ich schlüpfte zur Hintertür hinaus und rannte zum Laden.« Deshalb keuchte er so. Zwanzig Meilen laufen waren selbst für einen supertrainierten Körper anstrengend. Er mußte mehrere Stunden gebraucht haben.

»Rod... kannst du dir ein Auto leihen?«

»Ja. Der Besitzer des Ladens gibt mir seines.«

»Hör um Gottes willen zu. Du fährst zu einem Flughafen, irgendeinem. Nimm den nächsten Flug nach L. A. Wir werden der Sache schon auf den Grund gehen.«

»Okay. Warte... Was zum Teufel?... Oh, Scheiße! Sie kommen in den Laden!«

Man hörte ein Handgemenge, den Schrei einer Frau... das Telefon wurde gegen die Wand geschmissen. Dann Faustschläge auf Fleisch, immer wieder... dann war die Leitung tot.

»Matt...«, stieß Anne hervor.

»Ich fürchte mich«, meinte CB.

Plötzlich hörten sie etwas krachen, irgendwo im Gebäude, vielleicht im Korridor.

»Ich denke, du hast abgeschlossen!« gellte Matt.

»Das hab' ich auch«, flüsterte Anne. »Aber das klingt nach...«

»Schritte.« CB schauderte.

»Aber ich habe niemanden etwas aufbrechen hören«, überlegte Matt. »Bist du sicher, daß du abgeschlossen hast?«

»Ganz sicher«, sagte Anne. Aber es klang unsicher. Matt wollte jetzt keinen Fehler machen.

»Schnell! Macht das Licht im Vorzimmer aus.« CB streckte seine Hand vorsichtig aus der Tür, drehte die Lichter ab und zog seine Hand wieder zurück. Alle drei standen in einem Lichtkegel.

Schritte.

»Wir lauern ihnen auf«, flüsterte Matt. »CB, du versteckst dich hinter dem Aktenschrank. Und wir beide stellen uns rechts und links neben die Tür.«

»In Ordnung, Boß.« Sie gehorchten sofort.

Matt machte das letzte Licht aus.

Die Schritte kamen immer näher, immer näher...

Spannung: wie eine Katze, bereit zum Sprung.

Näher...

Jemand war im Vorzimmer und kam näher...

»Jetzt!« schrie Matt. Seine Hände schossen hervor und packten den Körper. Er spürte, wie auch Anne mit beiden Armen den Körper umklammerte und festhielt. »Licht, CB!« brüllte er.

Das Licht ging an und schmerzte seine Augen.

»Tomoko!«

Er ließ sie los.

»Was hat das alles zu bedeuten?« fragte seine Frau, die er seit über einem Jahr nicht mehr gesehen hatte. »Wie soll ich wissen, daß hier Räuber und Gendarm gespielt wird... und wer ist der Junge?«

»Richtig«, stieß Matt hervor, und er war ganz rot vor Verlegenheit. »CB – Tomoko, Tomoko – CB.«

Feierlich schüttelte CB ihre Hand. Seine Augen waren weit aufgerissen vor Staunen.

»Gott sei Dank bist du es«, erklärte Matt.

»Nun, wer hätte es sonst sein können? Jeder Eingang war verschlossen. Und ich bin die einzige, die einen Schlüssel hat, wie du weißt.«

»Oh... richtig. Ein Schlüssel«, sagte Matt einfältig.

»Wer, glaubtest du, bin ich? Ein Alien?«

»Nun, tatsächlich...«

Zum soundsovielten Male an diesem Tag mußten sie ihre Geschichte erzählen. Matt konnte kaum glauben, daß sie wieder da war. In seiner Fantasie hatte er sich ihr Wiedersehen so oft ausgemalt. Musik würde spielen, und Dialoge wie bei den größten Schriftstellern würden stattfinden. Nie hätte er damit gerechnet, daß er einem Visitor auflauern und statt dessen auf *sie* stoßen würde.

Nachdem sie die ganze Geschichte erzählt hatten, setzte sich Tomoko und starrte sie völlig fassungslos an.

»Ich habe vier Monate gebraucht, um nach Hause zu kommen, nach einer haarsträubenden Flucht von den Visitors... ich komme nach Hause und bin wieder am gleichen Punkt angelangt, an dem ich geflüchtet bin. Und ein fremder Junge lebt in meinem Haus...«

»Werden Sie mich jetzt fortschicken?« fragte CB ängstlich.

»Der Junge bleibt«, sagte Matt.

»Natürlich bleibt er!« Und weit öffnete sie ihre Arme, um sie beide zu umarmen. »Oh, Matt, du hast dich verändert. Du bist weicher geworden, ich spüre zum ersten Mal Mitgefühl. Ich schätze, daß CB damit sehr viel zu tun hat.«

»Wir verstehen uns«, grinste Matt.

Tomoko erzählte: »Es war gar nicht so einfach, nach Hause zu kommen, wißt ihr? Japan ist... so bizarr. Vielleicht hat es auch etwas mit den Problemen zu tun, die ihr hier habt.«

Und sie faßte zusammen, was ihr alles in den vergangenen vier Monaten passiert war. Sie hatte gedacht gehabt: Freiheit. Ich steige ins Flugzeug, und dann bin ich wieder zu Hause. Aber so einfach war das nicht. Der Abzug der Aliens hatte die japanische Wirtschaft zerstört. Japan war schwer getroffen; halb Tokio lag schon vor der Unterwerfung in Trümmern, und die Bereitschaft der Menschen zu *Kamikaze*angriffen auf Visitoranlagen hatte die Aufrechterhaltung der öffentlichen Sicherheit während der Herrschaft der Visitors sehr gewaltsam und teuer werden lassen. Als sie weg waren, gab es in Japan kein funktionierendes Post- und Telefonwesen mehr; monatelang hatte sie versucht, Matt zu erreichen, und es schließlich aufgegeben. Der Kulturminister hatte den Flugverkehr einschränken lassen, um die Reinhaltung der Kultur zu gewährleisten, wie sie es nannten. Und Tomoko hatte drei Monate auf der Warteliste gestanden; Professor Schwabauer, der manchmal bei ihnen zum Essen gewesen war, konnte Japan ebenfalls nicht verlassen und weder an seinen Lehrstuhl in Amerika noch in seine Heimat Deutschland zurückkehren.

»Aber jetzt bin ich da«, lächelte Tomoko.

»Ja, ich bin ja so froh«, meinte Matt. »Aber auch verwirrt.«

»Bevor ich dich verließ, hättest du das niemals zugegeben.« Sanft küßte sie ihn auf die Lippen. Und es war kein sexueller Kuß. Das war wunderbar für ihn, denn seit sie weg war, war er nur sexuell mit Frauen zusammen gewesen. Als würde sie seine Gedanken lesen, sagte sie: »Ja, ich bin nicht wie andere Frauen.«

»Es gab keine…«, begann er.

Sie lächelte nur. Und er wußte, daß sie wußte, und er wußte, daß sie verstand und ihm verzieh.

Anne meinte auf einmal: »Entschuldigt bitte, daß ich diese wundervolle Szene unterbreche, aber vielleicht kannst du uns noch mehr darüber erzählen, was in Japan passiert ist? Weißt du etwas über Ogawa, ihren Kulturminister?«

»Ja«, antwortete Tomoko. »Vor Fieh Chans… Tod, so heißt es, standen sich die beiden sehr nahe.«

»Und jetzt? Was hat dieses Verbot der Monsterfilme zu bedeuten? Mir kommt das reichlich albern vor«, bemerkte Anne.

»Oh, da laufen die totalen kulturellen Säuberungsaktionen. Es gab viele solcher Erlasse. Sie wollen die Uhren in das 16. Jahrhundert zurückdrehen, in eine Zeit, bevor die Europäer kamen.«

»Meinst du, das hat etwas zu bedeuten?« fragte CB.

»Wer weiß? Alles, was ich weiß, ist, daß sie auf jede Technologie verzichten. In den Straßen patrouillieren schwerttragende Leute in Samuraikostümen.«

»Cool!« flüsterte CB.

»Und sie halten alle Leute an und fragen nach ihren Papieren.«

»Wie die Nazis oder so ähnlich!« meinte CB.

»Ich weiß nur eines«, erklärte Tomoko, »daß ich froh bin, wieder zu Hause zu sein.«

»Für wie lange?« bemerkte CB und brachte damit ihrer aller Sorgen zum Ausdruck…

Diese Nacht schlief Anne im Wohnzimmer der Jones'. Sie hatten Angst, daß etwas passieren könnte.

Und Matt und Tomoko feierten ihr Wiedersehen.

»Es ist wie die zweiten Flitterwochen«, meinte Tomoko leicht kichernd. Beide waren noch etwas schüchtern. Durch die Trennung schien ihre Liebe füreinander gewachsen zu sein und nun zu stark, als daß sie damit umgehen konnten; es war nicht mehr nur Leidenschaft.

Sie wollten sich gerade lieben, als Matt eine vertraute Stimme an der Tür hörte. »Matt, kann ich reinkommen? Ich will nicht mehr alleine schlafen.«

»Wer ist das, Liebling?« fragte Tomoko und umarmte Matt fest und leidenschaftlich.

Die Stimme an der Tür: »Ich hatte wieder einen Traum. Ich träumte, daß du mich weggeschickt hättest.«

»Kann er nicht später wiederkommen?« flüsterte Tomoko.

»Ich glaube... er macht sich Gedanken über uns beide. Jemand muß ihm jetzt sagen, daß er nach wie vor geliebt wird. Er ist so unsicher... Du darfst ihm keine Vorwürfe machen. Er mußte mit ansehen, wie die Visitors seine Mutter auffraßen.«

»Bitte erinnere mich nicht«, bat Tomoko.

Matt stellte sich Tomoko als Hauptgang eines Visitorbanketts vor. Es war ein gräßlicher Gedanke. Er sagte: »CB, du kannst bei uns bleiben.«

»Das, Matthew Jones«, flüsterte seine Frau, »ist das erste Mal, seit ich dich kenne, daß du Sex verweigerst! Du hast dich wirklich verändert.«

»Willkommen, Mama!« sagte Matt lachend. Und sanft küßte er Tomoko die Wange. CB kam ins Zimmer, und alle drei kuschelten sich dicht aneinander, sich gegenseitig tröstend.

Matt schlief ein. Er hörte noch, wie sein Adoptivkind schwer atmete und seine Frau leise im Schlaf wimmerte, gefangen in einem Alptraum.

Kapitel 9

»Verlaßt mich jetzt.«

Ogawa war dabei, sein Gefolge zu verabschieden. Es war lästig, mit einer bewaffneten Eskorte durch die Stadt gehen zu müssen, aber jetzt waren sie unten in einer verlassenen Station des labyrinthartigen Tokioer U-Bahnnetzes, und er brauchte auf niemanden mehr Eindruck zu machen.

Der richtige Eindruck war so entscheidend.

Die vier Bewacher berührten die Griffe ihrer *Katanas*, verbeugten sich und ließen den Kulturminister allein.

Augenblicklich fuhr ein U-Bahnwagen in die Station ein. Er war, wie Ogawa schon wußte, leer. Die U-Bahn fuhr in Tokio nur noch selten; nur noch die Ueno-Strecke und die Yamanote-Strecke waren in Betrieb, aber auch nur sporadisch. Und diese Station hier war weit entfernt von beiden Linien.

Nein.

Nur die Meister kannten diese Station.

Und auf dem Wagen, der jetzt eingefahren war, stand nirgendwo das Fahrtziel oder die entsprechende Fahrtlinie. Nein. Statt dessen war in einem roten Kreis ein bekanntes Symbol in einer außerirdischen Sprache abgebildet. Ein Symbol, das jeden normalen Menschen sofort in Angst und Schrecken versetzen würde.

Ogawa hatte keine Angst.

Er war ja auch kein gewöhnlicher Mensch. Weit gefehlt.

Vor langer Zeit, natürlich, war er nichts weiter als ein normales menschliches Wesen gewesen; ein kleiner Regierungsbürokrat, der seine Arbeit tat, seinen Vorgesetzten imponieren und genug Geld verdienen wollte, um seiner Geliebten billigen Schmuck und seiner Frau Videos zu kaufen. Was für eine fürchterliche Zeit! Immer hatten ihn lächerliche, unbedeutende Probleme gequält.

Jetzt war er glücklich.

Die Probleme, über die er sich jetzt Sorgen machen mußte, waren wirklich große Probleme. Zum Beispiel galt es, das angemessene Image Japans wiederaufzubauen. Oder den Weg zu ebnen für die Rückkehr der Meister... die Mitgliedschaft der Erde im galaktischen Imperium. Große, große Dinge; Visionen und Schicksale, die seiner Vorstellungskraft und Ambitionen würdig waren.

Natürlich hatte er dafür einen Preis gezahlt... Tage der Agonie in einer ihrer Konvertierungszellen. Der Gedanke daran nagte etwas an ihm, während er seine Krawatte ordnete und seinen Bart glattstrich. Er mußte perfekt aussehen bei dem Treffen. Oh, die Agonie! Aber es war ein angemessener Preis dafür, daß er jetzt fast selbst wie einer der Meister war. So nahe dem Göttlichen, wie es ein menschliches Wesen nur sein konnte.

Der Zug wartete geduldig auf ihn. Natürlich. Er war der einzige Passagier; er war für ihn geschickt worden. Wie sich die Dinge geändert hatten seit den Zeiten, als er noch ein kleiner Bürokrat gewesen war! Schließlich fand er, daß sein Aussehen ordentlich genug war, stieg in den nächstbesten Wagen, setzte sich und wartete.

Wachen verbanden ihm die Augen und führten ihn durch viele Korridore. Er verlor die Orientierung. Aber die Meister wußten ganz genau, was richtig war. Es war zu seinem eigenen Nutzen, daß die Meister ihn nicht den Weg wissen lassen wollten. Zweifellos sollte sich sein Geist nicht in Nebensächlichkeiten verlieren, sondern ganz auf ein Ziel konzentrieren: tiefste Unterwürfigkeit. Er war wunderbar, dieser absolute Gehorsam. Er entsprach dem Treueschwur, den jeder Samurai seinen Feudalherrn leistete. Und er war tatsächlich zutiefst dem Zen entsprechend.

Wie glücklich ich bin, sagte er sich immer wieder, während sie tiefer und tiefer in das eindrangen, was er sich als die Hochburg der Meister vorstellte.

Endlich entfernten sie die Augenbinde. Er befand sich in einem traditionell eingerichteten japanischen Empfangszimmer. Eine Frau, offensichtlich konvertiert, kniete nieder, zog ihm die Schuhe aus und verneigte sich, als er die Stufen zum tatamibedeckten Boden hinaufstieg.

Vor ihm befand sich eine riesige Leinwand mit einem kompliziert gemalten Lackbild. Ein traditionelles chinesisches Design: die Darstellung zweier Drachen, die im Sonnenlicht über dem Meer herumtollten. Zwei Menschen duckten sich vor Entsetzen; ihr wackeliges Boot schaukelte wild auf den Wellen.

Er verneigte sich vor dem Bild und hockte sich unbequem auf den Tatami. Auf höfliche und elegante Weise wurde ihm grüner Tee serviert.

Jetzt sagte eine Stimme hinter dem Bild: »Ogawa.«

»*Hai, tono!*« antwortete er. Er verwendete die traditionelle Anrede für einen Feudalherrn. »Aber...«

Er hörte ein Händeklatschen. Das Bild wurde von schwarzgekleideten Dienern weggetragen. Auf einem Podest saß eine Frau.

Sie trug einen seidenen Kimono, auf dem das Zeichen des höchsten *Bijitaa*-Kommandos kunstvoll mit der Hand aufgemalt war.

»Meine Dame, ich rechnete mit…«

»Fieh Chan?« Sie runzelte die Stirn. Ihr Gesicht verdüsterte sich. Er hoffte, daß er nichts Falsches gesagt hatte. Trotz seiner Konvertierung spürte Ogawa eine gewisse Abneigung gegen den Gedanken, *Seppuku* für die große Sache zu begehen. »Fieh Chan ist nicht da.«

»Aber, meine Dame…«

»Ich werde Murasaki genannt. Ich bin die rangnächste Kommandeurin nach Fieh Chan. Unvorstellbar, daß Sie sich würdig genug für ein persönliches Gespräch mit dem Führer selbst fühlen!« Zierlich nippte sie an ihrer Teetasse. »Fieh Chan bekommt keiner im Augenblick zu sehen.«

»Aber Lady Murasaki. Ich habe ihn seit vier Monaten nicht gesehen. Nicht seit…«

»Verlassen Sie sich darauf!« meinte die Visitorfrau. »Alles ist in Ordnung. Und lassen Sie mich Ihren Bericht hören.«

»Ich bitte Sie, Lady Murasaki, zutiefst um Entschuldigung«, bat Ogawa und verbeugte sich so tief, daß sein Kopf den Boden berührte. »Ich ging davon aus, daß Lord Fieh Chan meine Informationen… in strengster Geheimhaltung zu hören wünscht.«

»So…«, meinte Lady Murasaki drohend. Ihre Stimme hatte jetzt einen etwas elektronischen Klang; ein Zeichen dafür, daß ein Visitor emotional etwas aufgewühlt war. In solchen Augenblicken waren sie nicht in der Lage, ihre gottähnliche Fassade aufrechtzuerhalten. »Fieh Chan besucht im Moment den Sektor Hongkong. Sie wissen, daß ein Oberlord für mehr als einen Distrikt verantwortlich ist.«

»Natürlich, meine Dame«, sagte Ogawa, katzbuckelnd voll tiefster Demut.

»Vielleicht«, fragte Murasaki, »möchten Sie etwas essen?« Sie klatschte in die Hände. »Das *Sashimi* ist… außerordentlich frisch heute.«

Ein Diener kam herein. Sich verneigend stellte er ein Tablett vor Lady Murasaki und etwas vor Ogawa ab. Eine mit einem Deckel bedeckte Schale aus Keramik, in der traditionellen orientalischen blau-weiß Glasur. »Ihr seid zu gütig, *Tono*«, murmelte er.

Ein kratzendes Geräusch war aus dem Innern der Schale zu hören, als ob jemand die I-Ging-Stäbchen für die Orakelbefragung schüttelt.

»Essen Sie, essen Sie«, befahl seine Gastgeberin ungehalten.

Er warf vorsichtig einen Blick in die Schale. Eine Schere schoß heraus: Krebsscheren, faserige Fühler. Lady Murasaki kicherte abscheulich, als sie den sich windenden Hummer aus ihrer eigenen Schale zog und ihn systematisch zu fressen begann. Ihre Zunge schnellte wütend hin und her, um seine schwachen Fluchtversuche zu verhindern. Ogawa hörte den Panzer knacken, er spürte einen Klumpen im Hals.

»Aber Sie essen ja gar nicht?«

»Meine Dame, ich...«, nervös betrachtete er seinen Hummer.

»Bevorzugen Sie vielleicht lieber eine Maus?« fragte sie, zog eine aus einer anderen Schale und steckte sie, sie am Schwanz hochhaltend, in ihr Maul. Er hörte es quietschen, dann ein obszön gurgelndes Geräusch; er sah eine einzige Kaubewegung. »Eure Welt ist so reich an Delikatessen«, schwärmte Murasaki. Und einen Moment lang überzog ein sadistisches Lächeln ihr Gesicht. »Möchten Sie sich ihnen vielleicht anschließen?«

Wild blickte er um sich. Plötzlich erschienen zwei Männer in Samuraikostümen und bauten sich mit erhobenen Schwertern neben ihm auf.

»Oder möchten Sie lieber die Annehmlichkeiten eines erneuten Aufenthalts in einer Konvertierungszelle genießen?«

Der Hummer war jetzt aus seiner Schale herausgekrochen und lief über das Tablett. Wenn er sich jetzt nicht bewegte, würde ihm das Krustentier glatt die gebeugten Knie hinaufklettern.

»Charmant, Ogawa-san. In Ihrem Alter spielen Sie noch mit dem Essen.«

Er versuchte weiterhin gelassen zu wirken, während er wild auf den Knien hin und her rutschte und versuchte, den Hummer mit den Händen zu vertreiben.

»Nun, damit wir uns richtig verstehen, Ogawa-san! Du wirst ab jetzt nicht mehr Fieh Chan gehorchen. Er ist viel zu erhaben, um sich mit solchen Wesen wie dir abzugeben.«

»Ja, natürlich, meine Dame«, sagte Ogawa und fiel zu Boden, während er versuchte, den Hummer in Richtung auf Murasakis

Podest zu werfen. Er landete zu ihren Füßen. Sie betrachtete ihn kühl.

»Welch eine Unverschämtheit«, flüsterte sie bedrohlich. Dann beugte sie sich etwas herunter. Ihre Zunge schoß in ganzer scheußlicher Länge heraus und wickelte sich um den Hummer, der zu fliehen versuchte. Ogawa konnte sich das folgende Schauspiel nicht noch einmal ansehen, und so schaute er zu Boden.

»Wie ich schon sagte, Sie werden ausschließlich mir Bericht erstatten. So, und was ist mit unseren Plänen bezüglich der großen Meister der Kampfsportarten...«

»Alles entwickelt sich, *Tono*«, antwortete er.

»Und die Fabrikation der molekularen Druckhaut gemäß Fieh Chans einzigartiger Erfindung?«

»Ich muß Sie, meine Dame, ergebenst darüber informieren, daß es uns an Rohmaterial mangelt. Unsere Fabrik ist völlig unterbesetzt, eine Folge der Eßgewohnheiten« – er würgte – »Ihrer Oberaufseher. Es gibt nur einen einzigen Prototyp DNA-analoger Form, von dem das ganze Zellmaterial geklont werden muß. Wenn Sie noch ein paar Prototypeinheiten mehr besorgen könnten, könnten wir schneller arbeiten. Könnte sich nicht Fieh Chan einige beschaffen? Oder uns die Formel überlassen, so daß unsere Wissenschaftler sie duplizieren könnten?«

»Sie Narr! Sie wagen, uns Fragen zu stellen?« Aber Ogawa bemerkte eine gewisse Unsicherheit in ihrer Stimme. Lief etwa etwas falsch, furchtbar falsch, in der Hierarchie der Oberlords? War es ihnen deshalb unmöglich, das korrekte Reagens zu erlangen, um genügend Druckhäute zu erstellen und die Visitors vor dem roten Staub zu retten? Gab es vielleicht noch einen anderen, geheimen Grund, weshalb Fieh Chan nicht zu diesem Treffen gekommen war und sich mit ihm unterhalten hatte wie in alten Zeiten? Fieh Chan jedenfalls hatte nie so mit ihm gespielt. Obwohl immer klargewesen war, wer Meister und wer Sklave war, so hatte Fieh Chan ihn doch immer mit einer gewissen Höflichkeit, beinahe herzlich, behandelt. Nie hatte er ihn mit dem Pronomen *omae* angesprochen, das ein Kind oder Tier bezeichnete, sondern immer mit *kimi*, das, wenn es auch nicht höflich war, so aber doch den Status eines Gleichen oder Freundes ausdrückte. Das schroffe Wort *omae* oder *ore* kam aus dem Munde eines Visitors, der die weibliche Form angenommen hatte, obwohl Ogawa wußte, daß die Meister die Form annahmen, die sie wollten, egal, ob sie tatsächlich weiblich oder männlich waren oder beides zugleich.

Was war mit den Meistern passiert? Warum konnten sie kein weiteres Material beschaffen, das doch nur ihrem eigenen Interesse diente? Er hatte Gerüchte gehört, natürlich verwerflich und unbegründet, daß es eine Art Putsch in den höchsten Rängen des fernöstlichen höchsten Kommandos gegeben habe. War es wirklich möglich, daß die Meister untereinander uneinig waren?

In diesem Augenblick durchschoß ein Warnsignal Ogawas Gedanken. Sein Gehirn brannte, brannte... die Konvertierung! Er hatte gefährliche Gedanken, Teufelsgedanken. Wie konnte er die Meister in Frage stellen, die gütigsten und weisesten aller Kreaturen? Jetzt kam der Schmerz, hämmerte in seinem Schädel, das grauenhafte Brennen, wie feurige Nägel, die in seinen Nacken hauten. Es war so schrecklich! Wie konnte er nur so verräterische Gedanken haben? Wie schändlich! Er hatte kein Recht mehr zu leben. »Meine Dame«, flüsterte er heiser, »ich hatte gerade einen verräterischen Gedanken. Der einzige ehrenhafte Weg, der mir bleibt, ist Suizid. Ich bitte um Ihre Erlaubnis...«

»Abgelehnt!« befahl Lady Murasaki.

Es war die schlimmste Bestrafung von allen, mit dieser Schande weiterleben zu müssen.

Kapitel 10

Matt, Tomoko, CB und Anne Williams. Was für ein merkwürdiges Heldenquartett, dachte Matt, um die Welt zu retten. Es war fast, als wäre eine von CBs Fantasien über Batman und Robin plötzlich wahr geworden.

Wieder saßen die vier zusammen im Büro. Vor ihnen lag ein großes Problem; was sollten sie jetzt machen? Tomoko schlug vor, Kontakt mit ehemaligen Widerstandskämpfern aufzunehmen.

»CB ist der einzige von uns, der überhaupt jemanden kennt, der in der Widerstandsbewegung war«, meinte Matt. »Und wir wissen auch, was mit Sean passiert ist.«

»Bitte erinnere mich nicht daran«, bat CB.

»Jetzt fällt mir etwas ein«, sagte Tomoko auf einmal, »vielleicht ist es irrelevant, aber…«

»Schieß los«, ermunterte Matt sie.

»Als ich mit Fieh Chan alleine war, erkundigte er sich nach dir, und ich erzählte von deinen Kampfsport-Kontakten…«

»Das ist es! Es ist Japan!« rief Anne. »Fieh Chan steckt dahinter! Sie kidnappen die großen Meister und bringen sie nach Japan.«

»Klingt ziemlich dämlich, wenn ihr mich fragt«, meinte CB.

»Es ist genauso dämlich, wie Godzillafilme zu verbieten, Herrgott noch mal«, schimpfte Anne.

»Nun ja, aber was können *wir* machen, wenn es stimmen sollte? Sollen wir die Bullen rufen«, überlegte Matt, »und ihnen sagen, hört mal her, eine Bande von Echsen-Ninjas entführt in ganz Amerika die Experten der Kampfsportarten…«

»Vielleicht auf der ganzen Welt«, meinte Anne. »Hast du schon mal versucht, einen deiner Kollegen in Europa anzurufen?«

»Du weißt doch, daß das Telefonnetz immer noch nicht richtig funktioniert«, erklärte Matt.

»Casilli, Yasutake und vielleicht Nakashima – das sind die einzigen, von denen wir Näheres gehört haben.« Anne nahm das Verzeichnis der Namen sämtlicher Kampfsportmeister vom Schreibtisch und begann es durchzublättern.

Drei Stunden später wußten sie mehr. Von fünfundzwanzig Meistern, die sie angerufen hatten, hatten neunzehn das mysteriöse Telegramm erhalten; sieben waren schon verschwunden. Einige von ihnen kannte Matt nur dem Namen nach. Mit anderen hatte Matt schon auf Turnieren und Vorführungen gekämpft.

Nach vielen verstrichenen Stunden fiel Matt auf, daß sie ja immer noch nichts gegessen hatten.

»Wartet mal. Ich rufe Po Sam's an und orderte ein Takeaway.« Er ging zum Telefon.

»Wie in alten Zeiten«, meinte Tomoko verträumt.

»Ich werde gehen«, erklärte sich Anne bereit.

»Aber sei vorsichtig«, gab Matt ihr zu verstehen, bevor er Sam sagte, daß er vier Menü-Pakete fertigmachen sollte.

»Vorsichtig?« fragte Anne. »Was kann schon passieren? Ich werde gerade mal fünf Minuten weg sein.« Und entschlossen zog sie ihr Stirnband fester.

Zwanzig Minuten später sagte Matt: »Wo bleibt sie nur?«

Nach weiteren zehn Minuten gingen sie zur Eingangstür. Auf dem Parkplatz des Einkaufszentrums war nicht ein Wagen. Aber in der Mitte des Platzes...

...standen ein paar schwarzgekleidete Gestalten im Kreis. Und in ihrer Mitte befand sich Anne, in der Haltung eines lauernden Tigers. Ihre Hände wirbelten durch die Luft, ihre Augen blickten wild um sich. Die Mörder umkreisten sie, verspotteten sie und kamen immer näher an sie heran, versuchten, sie in einen Kampf zu verwickeln.

»Los, wir müssen ihr helfen, CB!« schrie Matt.

Die Tür war zugesperrt oder blockiert, obwohl sie sie diesen Morgen gar nicht abgeschlossen hatten. Da mußte jemand dran gedreht haben. »Hol ein Beil.« Und CB lief den Korridor entlang; dort war das Beil, es stand unter einem Glas neben dem Feuerlöscher. Matt hörte das Glas zersplittern, und dann sah er...

Die Angreifer hatten sich in einer V-Formation aufgestellt, und Anne stand mit dem Rücken zur Wand vor Po Sam's Restaurant! Drinnen sah er, wie sich Sam und Theresa, Sams Frau, voller Angst duckten und Theresa ein großes Fleischmesser von einem Regal nahm.

Jetzt griff der erste an. Man sah, wie Anne ihre gesamte Körperenergie sammelte. Dann schien sie in einem Wirbel von Fäusten und Füßen zu explodieren, und der Angreifer krachte auf ein parkendes Auto. Zwei weitere hatten ihren Kampf ausgenutzt und waren hinter sie geschlichen. Aber sie war schneller. Sie wirbelte herum, sprang beide gleichzeitig an, und einer fiel auf den anderen. Jetzt wechselte sie die Haltung, spannte die Hände so an, daß sie wie Schlangenköpfe wirkten, und winkelte die Ellenbogen nach außen. Sie blickte um sich wie eine zweiköpfige, sich windende, herumwirbelnde, tänzelnde Schlange. Die anderen umkreisten sie wieder.

»Es sieht so aus, als ob sie es schaffen wird«, urteilte CB und gab Matt das Beil.

Matt begann die Tür einzuschlagen. »Ich muß zu ihr!« brüllte er. »Sie sind hinter mir her, nicht hinter ihr...«

Es war nicht leicht, die Tür aufzubrechen... sie war sehr massiv. Als sie damals das Institut gebaut und geplant hatten, hatte Matt großen Wert darauf gelegt, daß es einfach uneinnehmbar sein sollte...

Die restlichen Angreifer kamen jetzt näher. Einer sprang! Anne duckte sich, mit ihren Händen blockierte sie ihm den Weg, während sie mit ihren Füßen jenen Angreifer zurückstieß, dem es gerade gelungen war, wieder hochzukommen. Matt sah den Schweiß auf ihrem Nacken glänzen und ihre Armmuskeln pulsieren. Sie kämpfte ausgezeichnet. Aber wie lange würde sie durchhalten?

Endlich hatten sie die Tür durchbrochen. Eine Art Bolzen hatte sie versperrt... er fiel herunter auf den Bürgersteig... ein Gerät, das Matt nie zuvor gesehen hatte... vielleicht eine Alienerfindung. Silbern und kreisrund. Ein Stück Visitor-Supertechnologie! Aber er hatte keine Zeit, darüber nachzudenken. Er schrie ihr zu: »Wir kommen, Anne! Halt sie noch für ein paar Sekunden in Schach...«, und rannte los.

Anne schaute sich nach ihnen um. Für den Bruchteil einer Sekunde war sie ungeschützt...

Dann hörte er es. Ein surrendes, wimmerndes Geräusch, wie weit entferntes Flötenspiel. Dann sah er es die Luft zerschneiden: eine wirbelnde Scheibe voller Klingen, die in der Nachmittagssonne schimmerten... in einem perfekten Bogen schoß sie durch die Luft, von vollendeter Schönheit und absolut tödlich. »Nein!« schrie er.

Und ohne zu überlegen, rannte er zu ihr hinüber... die tödliche Scheibe schnitt in Annes Nacken... ein Blutstrom schoß auf Po Sam's Restaurantfenster... es war mein Fehler, dachte er, wenn ich sie nur nicht gerufen hätte, ihre Aufmerksamkeit abgelenkt hätte...

Dann: Ich bin umzingelt.

Ohne nachzudenken, war er mittendrin. Jeder hatte jetzt eine Waffe in der Hand. Er sah von einem zum anderen... ihre Augen blinkten seltsam im Sonnenlicht und hatten etwas unmißverständlich Alienhaftes an sich...

»Ihr alle seid Echsen, gottverdammte Echsen!« schrie er. Jetzt spürte er die Wut, die in ihm aufstieg, ihn fast explodieren ließ. Er dachte an seine jahrelang trainierte Selbstdisziplin, und am liebsten hätte er sie vergessen in seiner Wut. Dann zwang er sich, diesen brennenden Haß zu einem inneren Ball zusammenzufassen, einen

Punkt, tief, ganz tief in seinem Innern... eisige Stille für Sekundenbruchteile, in denen er auf den Geist seiner Meister wartete, ihm beizustehen... dann... brach es nach außen! Endlose Kraftströme schienen aus ihm herauszuströmen, während seine Fäuste die Pforten eines grenzenlosen Energieuniversums zu sein schienen... und wie ein Tier heulte er vor Wut, während er angriff...

Die Aliens griffen ihn alle zugleich an... er sah das Metall glitzern, wußte es und verhöhnte sie: »Selbst zehn Aliens mit Dolchen können einen Menschen nicht schlagen!« Und schon schlug er den ersten nieder, so daß er flach am Boden lag, und riß ihm die Plastikschutzhaut vom Gesicht, weil er wußte, daß sie ihn vor dem roten Staub schützte und er auf diese Weise sterben müßte. Er versuchte, nicht hinzuhören, als der Visitor unter seiner Verkleidung zu kohlen und zu schmelzen und in seiner metallisch schleifenden Sprache zu schreien begann...

»Keine Waffen benutzen!« hörte er jemanden in Englisch rufen. »Wir wollen ihn lebend! Betäubt ihn nur für den Transport!«

Aber er hatte keine Zeit zu reagieren. Mehr und mehr von ihnen tauchten hinter den geparkten Autos auf und bogen um die Ecke des Marktplatzes. Er konnte nur noch rückwärts gehen, Schritt für Schritt, ganz langsam in die Richtung, wo Anne lag und langsam verblutete. Er trat auf etwas... die Überbleibsel eines Visitors? Er wollte nicht hinsehen.

Es waren einfach zu viele.

»Was habt ihr mit mir vor?« brüllte er. »Warum wollt ihr mich gefangennehmen?«

Sie antworteten nicht. Statt dessen kamen sie immer näher...

Er sah CB aus der Tür des Instituts treten, seine zarte, kleine Gestalt mit erstarrtem Gesichtsausdruck voll wilder Entschlossenheit, den Körper angespannt. »Bleib dort, Junge!« schrie Matt. »Du hast hier nichts verloren, du wirst nur getötet!«

Sofort drehten sie sich zu dem Jungen um, wie Roboter. Der Junge zitterte jetzt. »Ich will dir helfen«, rief er mit schriller Stimme.

Einer der Aliens hob jetzt den Arm. Er hielt eine dieser Scheiben hoch. Nein, bitte nicht! dachte Matt. Sie werden ihn töten! Er stürzte vorwärts und versuchte, den Angreifer aufzuhalten, bevor er die Scheibe werfen konnte... zu spät!

Eine Ewigkeit schien sie durch die Luft zu wirbeln. Ihr Licht schmerzte in seinen Augen...

Dann hörte er einen Aufprall... er schloß die Augen, er wollte nicht hinsehen... plötzlich vereinzelte Schreie, etwas Dünnes, Metallisches schoß zischend durch die Luft...

Derjenige, der die Scheibe geworfen hatte, heulte plötzlich auf vor Schmerzen. Etwas prallte hart auf und wirbelte wieder zurück, es hatte die Stirn der Kreatur durchbohrt, die Plastikschutzhaut zerstört, und sich windend fiel er zu Boden.

Was hatte die Scheibe zum Stoppen gebracht?

Jetzt sah er es.

Ein alter Mann mit einem Schwert stand in der Mitte des Parkplatzes. Er trug einen Samuraihelm und eine komplette Kriegsausrüstung, wie sie Matt bisher nur in japanischen Filmen gesehen hatte.

Die Angreifer – es waren mehr als ein Dutzend – blickten völlig durcheinander von Matt zu dem Fremden. Der Fremde hielt sein Schwert hoch, den Griff in Höhe seines Kopfes, einen Augenblick lang, der eine Ewigkeit zu sein schien.

Dann stieß er einen wilden Schrei aus, rannte vorwärts, und mit einem einzigen Hieb köpfte er zwei der Angreifer.

»Los geht's!« brüllte Matt und nützte die Verwirrung aus, um mit einem Salto mitten in den Haufen der verdutzten Außerirdischen zu springen und sie mit seinen Fäusten und Füßen zu bearbeiten.

Der Fremde stand wie erstarrt da und beobachtete die Situation mit einem halb traurigen, halb amüsierten Gesichtsausdruck. Dann, ohne Vorwarnung, flog das Schwert erneut durch die Luft. Es köpfte sauber, gnadenlos. Die Visitor-Ninjas hatten noch nicht mal mehr Zeit zu schreien. Einer, zwei, drei fielen sie um wie Dominosteine, während sich der alte Mann mit der Eleganz eines Kabukischauspielers bewegte, absolut cool und langsam. Jeder Schwerthieb wirkte wie eine schnelle Handbewegung, aber Matt wußte aus seinem Training, daß er der Ausdruck höchster Konzentration und innerer Disziplin war.

Zum Schluß lagen sie in einem Haufen auf dem Asphalt des Parkplatzes... ihr Fleisch zerschmolz, sobald die Luft es berührte. Matt rannte in die Arme seiner Frau und des Jungen.

Der alte Mann stand lange schweigend da. Dann ging er dorthin, wo Anne lag. Sam und seine Frau Theresa kamen aus dem Restaurant; sie standen in der Eingangstür und rangen die Hände über ihren Köpfen.

Der alte Mann kniete sich neben Anne. Sanft streichelte er sie; tastete ihr Herz ab, und Matt, Tomoko und CB kamen dazu. Endlich sagte er: »Es tut mir leid.«

»Sie ist…?« fragte Tomoko.

»Ja. Es tut mir leid.«

»Mist, ich werde sie töten«, flüsterte CB wütend.

»Sei nicht zornig, junger Mann«, bat der alte Mann den Jungen. Und in seinen Augen lag eine große Wärme. Seltsam, dachte Matt, was er für eine Emotion ausstrahlt… wo er gerade eben noch ein Meister der Gewalt war. Der alte Mann nahm seinen Helm ab. Seine Stirn war schweißbedeckt, sein spärliches Haar verfilzt. »Wut ist nicht gut«, fuhr er fort. »Innerer Frieden, den mußt du erlangen. Du mußt Mitleid – ja sogar Liebe – für deinen Gegner empfinden. Denn es ist nicht sein Fehler, daß sein Karma sich gegen dich wendet.«

»Wer sind Sie, einer dieser Hare-Krishna-Typen?« fragte Matt streitlustig. Denn er hatte gelernt, seine Wut zu disziplinieren und sie in reine Kraft umzusetzen… aber niemals, sie zu eliminieren.

»Kaum«, erwiderte der Schwertmann.

»Kommen Sie aus Japan?« fragte CB neugierig. Und Matt sah in den Augen des Jungen die Bewunderung für den Helden aufflackern, und er spürte, daß ihn das eifersüchtig machte.

»Ja. Mein Name ist Kenzo Sugihara«, stellte sich der Mann vor. »Ich bin ein Schwertkämpfer.«

»Das hat man gesehen!« rief Matt. »Sie sind einer der besten, die ich je gesehen habe. Ich wünschte, Sie eher getroffen zu haben. Mich wundert nur, daß ich noch nie etwas von Ihnen gehört habe?« Matt war mißtrauisch. Aber vielleicht sprach nur die Eifersucht aus ihm. »Ich habe bisher jeden getroffen oder zumindest von ihm gehört, ich meine jeden großen Meister eines jeden großen Kampfsportstils der Welt…«

Sugihara lachte. »Wer sagt denn, daß ich ein großer Meister bin?« wollte er wissen. »Meine Kunst ist die meines Herzens, nicht ein Regal voller Trophäen.«

Wieder fühlte sich Matt durch diese Worte seltsam verletzt, obwohl er wußte, daß dazu gar kein Grund vorlag. Der alte Mann verunsicherte ihn. Er konnte nicht genau sagen, was es eigentlich war, aber etwas nagte an ihm. »Warum sind Sie hier?« wollte er schließlich wissen.

»Ich bin gekommen, um Ihnen zu helfen«, erklärte Sugihara. »Ich habe keinen Anlaß, die Visitors zu lieben. Ich habe das Gefühl, daß wir beide einander helfen können. Ich war einmal ihr Gefangener, und dadurch habe ich viel über sie gelernt.«

»Sie wissen, was sie vorhaben? Sie wissen, warum sie die großen Meister gefangennehmen wollen?« fragte Tomoko. »Ich hörte, wie einer von ihnen befahl, Matt nicht zu töten, ihn nur für den Transport zu betäuben. Das hört sich bedrohlich an.«

»Ich weiß nicht alles. Nur, daß sie nach Japan gebracht werden sollen. Um sie aufzuhalten, sollten auch wir dorthin fahren.«

»Könnten wir nicht die US-Armee informieren? Kann das Pentagon denn nichts dagegen unternehmen?« meinte Matt.

»Ich… habe etwas Einfluß auf diese Dinge. Ich telefonierte mit… einigen wichtigen Persönlichkeiten. Sie erklärten mir, daß die Vereinigten Staaten keinen Krieg mit Japan führen würden und daß dort wieder Menschen die Regierung bilden, keine Visitors. Sie wollen nicht wahrhaben, daß einige Visitors eine Möglichkeit gefunden haben, zurückzukehren und sich vor dem roten Staub zu schützen.«

»Aber wir sind doch damit völlig überfordert«, gab Matt zu bedenken. »Das einzige, was wir machen können… ist uns irgendwo zu verstecken, bis alles vorüber ist. Stimmt's?«

»Sie werden bald eine Entscheidung treffen müssen, Sie haben sozusagen eine karmische Kreuzung erreicht. Der eine Weg führt zu einem guten, angemessenen und wohlverdienten Ruf, einer liebenden Frau… einem komfortablen Privatleben. Aber in dieser Szenerie gibt es eine dunkle Wolke: Jeden Augenblick und ohne Vorwarnung können die Aliens vom Himmel fallen und euch fressen oder versklaven. Es muß nicht unbedingt geschehen… dann werdet ihr natürlich immer glücklich sein.«

»Und der andere Weg?« wollte Matt wissen. Er ahnte die Antwort schon. Aber er wollte sie nicht aussprechen, sie war zu gewaltig, um jetzt darüber nachdenken zu müssen.

»Der andere Weg...« Der alte Mann schüttelte traurig den Kopf. »Sie werden nach Japan gehen. Sie und ich und vielleicht Ihre Frau, die japanisch spricht, und dieses Kind... denn wenn er bleiben würde, befände er sich in großer Gefahr. Aber die Gefahren, denen ihr ausgesetzt sein werdet, sind ebenso groß. Und die Belohnung wird Freiheit sein, Matthew Jones; Freiheit von der Bedrohung durch die Aliens, und zwar für alle Menschen.«

»Ich weiß gar nicht, wovon Sie sprechen«, antwortete Matt langsam, und ihm fiel alles wieder ein, was passiert war.

»Annes Tod«, bemerkte CB. »Sie war unsere Freundin. Ich will rüber und es ihnen zeigen!« Jetzt hatte er keine Angst mehr. Matt sah es. In seinem Gesicht konnte man beides lesen: Kummer und Wut, und diese neuen Emotionen hatten den Schrecken und die Angst verschwinden lassen.

Tomoko meinte: »Aber ich komme doch gerade von dort... ich bin geflüchtet, soll ich wirklich wieder dorthin zurück? Hat Fieh Chan noch die Macht?«

Der alte Mann sah ihr tief in die Augen. »Das weiß ich nicht«, erwiderte er. Es entstand eine lange Pause, in der jeder seinen Gedanken nachhing.

»Ich danke Ihnen, daß Sie meinem Mann das Leben gerettet haben«, sagte Tomoko endlich. Matt fühlte sich plötzlich etwas schuldig, diese simpelste Höflichkeit vergessen zu haben, wo er doch so knapp dem Tode entgangen war...

Der alte Mann und Tomoko fuhren fort, einander tief in die Augen zu sehen. Täuschen mich meine Gefühle? dachte Matt. Ich könnte schwören, daß sie beide einander *kennen*... daß da etwas war zwischen ihnen! Meine Familie, meine Familie, dachte er... jetzt waren sie drei gerade einmal vierundzwanzig Stunden wieder zusammen, und schon scheine ich sie wieder an diesen seltsamen alten Mann zu verlieren, der, von weiß Gott woher, gekommen war...

Später wußte er nicht mehr genau, ob es Eifersucht oder Mut gewesen war, was ihn zu seinem Entschluß kommen ließ. Er konnte sich nicht mehr erinnern, ob es sein Wunsch war, die menschliche Rasse zu retten, oder das egoistische Verlangen, ein größerer Held zu sein als dieser alte Mann, um seiner Frau und seinem Jungen zu zeigen, was er doch für ein toller Kerl war. Dies alles spielte eine

Rolle und noch mehr: seine Liebe für seine Freundin, die jetzt dort in ihrem Blut lag; seine Sorge um die großen Meister, die gefangengenommen und irgendwohin gebracht wurden, wohin, wußte keiner; die Tatsache, daß sein Leben kein Ziel hatte, daß es immer der gleiche Trott war. Ein Held zu sein, erkannte er später, war nicht einfach, war nicht wie im Comic oder in einer Fernsehshow. Es war sogar verdammt kompliziert.

Und so stand er ruhig da, während die anderen ihn erwartungsvoll ansahen, bis er etwas sagen möge. Irgendwo in seinem Kopf hörte er eine kleine Stimme sagen, sie liebt mich, sie liebt mich nicht...

»Ja«, sagte er schließlich. Und einen Moment lang war er sich nicht sicher, ob er nun ja oder nein gesagt hatte.

Kapitel 11

Ein Raum an einem geheimen Ort: ein kleiner Raum, kahl und sparsam möbliert: Tatami-Boden, der Schlafbereich durch Zwischenwände abgeteilt vom übrigen Raum, ein niedriger Tisch mit wenigen Ornamenten, ein *Shoji*, hinter dem ein traditioneller Steingarten lag... und auf der anderen Seite des Raumes ein wandgroßer Videomonitor.

Vor ihm saß der Visitor, der sich Lady Murasaki nannte, und betätigte einige Kontrollhebel. Auf dem Bildschirm zeigten sich nur atmosphärische Störungen. Murasaki wurde immer wütender.

Auf dem Tisch neben der Kontrollkonsole und den Ornamenten... ein kleiner Teller mit menschlichen Fingern, halb abgenagt, und eine dampfende Schale heißen grünen Tees.

Endlich erschien ein Bild auf dem Bildschirm.

»Ah, Wu Piao«, säuselte sie. »Seit Tagen versuche ich dich zu erreichen.«

»Murasaki!« rief der Mann auf dem Bildschirm. Er trug ein Maohemd, das bis oben zugeknöpft war, und ein Barett. Auf beidem war das Visitorzeichen abgebildet. »Was für eine angenehme Überraschung.« Sein Tonfall ließ jedoch erkennen, daß ihr Gespräch weder eine Überraschung noch angenehm zu sein schien.

»Ich habe versucht, Kontakt aufzunehmen, aber... wie Sie ja wissen, gibt es kaum mehr Technologie auf diesem verdammten Planeten, seit unsere Hauptflotte gezwungen wurde, ihn zu verlassen. Ich mußte dieses Behelfsausrüstungsgerät mit Ersatzteilen bestücken, die wir aus einer – sie nennen es Fernsehstation – hier in Hongkong geplündert haben.«

»Ich muß unbedingt Fieh Chan sprechen!« drängte Murasaki.

»Das wird nicht möglich sein«, antwortete Wu Piao.

»Ich vermute stark, daß Sie ihn vor uns verstecken.« Das Interview mit diesem schwachen, nichtssagenden Erdling Ogawa hatte Murasaki mehr aus der Fassung gebracht, als sie sich eingestehen wollte. Und zwar, weil er der Wahrheit sehr nahe gekommen war. Zum Glück hatte seine Konditionierung noch rechtzeitig eingesetzt... sonst wäre sie gezwungen gewesen, ihn zu töten. Das wäre allerdings ziemlich dumm gewesen, so wie die Dinge im Moment aussahen.

»Wir verstecken ihn nicht«, erklärte Wu Piao. »Wir erhalten nach wie vor Nachrichten, die angeblich von ihm stammen, aber wir können ihn nicht ausfindig machen. In der Zwischenzeit ist die Produktion des Thermaldruckhautentwicklers zum Stillstand gekommen.«

»Manchmal beneide ich diese verdammten Menschen«, meinte Murasaki wütend. »Sie kennen keine Falschheit. Natürlich hat Fieh Chan die Details seiner Erfindung niemandem anvertraut! Er wollte sie bald einsetzen – gegen *meinen* Machtzuwachs in der Hierarchie! Und jetzt inszeniert er dieses Versteckspiel, nur um das hohe Kommando von seiner Unentbehrlichkeit zu überzeugen. Er wartet nur darauf, daß wir Fehler machen, damit er weiter auf der Erfolgsleiter aufsteigen kann.«

»Hast du versucht, sie zu analysieren?« meinte Wu Piao kühl.

»Du weißt sehr wohl, daß es uns an Wissenschaftlern mangelt.« Murasaki begriff, daß ihr Kollege nach einem Angriffspunkt suchte. Sie durfte sich jetzt keine Schwäche erlauben. Wütend nahm sie einen Finger von dem Teller und begann, daran herumzuknabbern. Das Essen ist das einzig Gute auf diesem Planeten, dachte sie. Es gab eine fruchtbare Vegetation, viel Wasser, eine Fülle an unterschiedlichen Lebensformen – hier blühte und gedieh einfach alles. Das ungehemmte Wachstum dieses Planeten erregte zutiefst ihre Gefühle. Sie dachte an die Wüsten ihres Heimatplaneten, die schroffen Extreme, die anhaltende Dürre. Ah, aber die Heimatwelt besaß eine herbe Reinheit, der diese Verrücktheiten hier nie das Wasser reichen könnten.

»Warum sagen Sie nichts?« fragte Wu Piao.

»Ich dachte über Fieh Chan nach. Ich habe seine Beweggründe nie richtig verstanden.« Sorgfältig traf sie ihre Wortwahl; es mußte ihr gelingen, Wu Piaos Denken zu vergiften, gleichzeitig jedoch über jeden Verdacht erhaben zu sein, falls Fieh Chan zurückkehren sollte. Ihr persönlicher Verdacht – und ihre Hoffnung – war, daß er irgendwo jämmerlich am roten Staub zugrunde gegangen war und daß die experimentelle Druckhaut, die er selbst erfunden hatte, versagt hatte. Sie haßte ihn, weil er vorausgeahnt hatte, daß die Menschen eine bakteriologische Kriegsführung einsetzen würden! Sie hatte ihn oft genug belehrt und darauf hingewiesen, daß diese menschlichen Kreaturen viel zu dumm seien, um an so etwas überhaupt zu denken... und doch war es ihnen irgendwie gelungen. Daß diese Affen in einem glücklichen Moment anscheinend mit der Intelligenz von Reptilien handeln konnten, nagte an ihr. Und es irritierte sie, daß Fieh Chan eine solch irre Prophezeiung machte, ein Gegenmittel kreierte, ohne jemand in sein Geheimnis einzuweihen, und dann auch noch *recht* behielt!

Und schließlich hatte er sich tatsächlich mit diesen Menschen angefreundet, war so weit gegangen, ihre Zen-Philosophie zu studieren, eine Philosophie, die der verbotenen *preta-na-ma* Religion gefährlich nahestand. Furchtbar, einfach furchtbar! Was für ein jämmerliches Wesen! Und trotz alldem hatte man ihr nicht das Kommando über den fernöstlichen Sektor gegeben, nur wegen dieses menschenliebenden Ketzers! Sie dachte darüber nach, wie sie ihren Kollegen Wu Piao am besten auf ihre Seite ziehen könnte. Zusammen könnte es ihnen vielleicht gelingen, das hohe Kommando zu überzeugen, daß sie das Oberkommando übernehmen sollte – falls Fieh Chan nicht zurückkäme.

Aber es bestand auch die Möglichkeit, daß Wu Piao ganz genau wußte, wo Fieh Chan war, und daß sie gemeinsam ein Komplott gegen sie planten. Vielleicht produzierten sie schon längst die Thermaldruckhaut in einer Fabrik in Hongkong, und Wu Piao lachte sie insgeheim aus. War er wirklich so schlau?

»Sagen Sie mir«, meinte sie genüßlich, gierig das letzte Knochenmark aus den Fingerknöchelchen saugend, und warf es dann lässig zurück auf den Teller, »hat Fieh Chan Ihnen gegenüber jemals *preta-na-ma* erwähnt?«

Wu Piaos Gesichtsausdruck ließ blankes Entsetzen erkennen. *Wie gut es funktioniert!* dachte Murasaki, die sein Computerdossier geknackt hatte und ganz genau wußte, daß er früher einmal an einem geheimen Treffen der Sekte für Frieden und die internationale kosmische Bruderschaft teilgenommen hatte.

»Nicht, daß ich wüßte«, antwortete er vorsichtig.

Aber mit dieser einzigen Frage hatte sie erreicht, daß er jetzt auf ihrer Seite war. Denn *preta-na-ma* war das tabuisierteste Wort ihrer Sprache; und daher auch das mächtigste. Jetzt war er in der Defensive; denn zweifellos wußte er jetzt, daß sie über seine subversive Vergangenheit Bescheid wußte. Sie befahl: »Finden Sie Fieh Chan. Bringen Sie uns das Geheimnis seiner Erfindung. Die Zeit ist knapp. Die Technologie hier ist primitiv, besonders seit wir ihre Wirtschaft und ihre Waffenlager zerstört haben. Wir können unsere Laser nicht wiederaufladen und auch nicht die Mutterschiffe für eine neue Lieferung erreichen. Ich bin dabei, alternative Methoden zu entwickeln. Aber als erstes brauchen wir mehr Druckhäute.« Dies entsprach der Wahrheit, und sie sah keinen Grund, sie vor Wu Piao zu verschweigen.

»Könnte es nicht sein, daß sich die gesuchte Formel in Ihrem Computer befindet?«

»Das kann schon sein. Aber auch wenn dem so ist, so konnten wir bisher den verschlüsselten Code noch nicht finden«, erklärte sie. Und schnell fügte sie hinzu: »Aber wir sind nahe dran.« Obwohl es nicht wahr war und beide das wußten.

»Und Ihre alternative Waffe? Was soll das sein?« fragte Wu Piao. Der spöttische Tonfall in seiner Stimme war nicht zu überhören. *Jetzt meint er, es mir gezeigt zu haben!* dachte sie. *Was für eine Unverschämtheit!*

»Wir haben sie diesen Affen geklaut«, sagte sie schließlich. »Etwas Primitives, das heißt aber nicht, daß wir, trotz unserer Intellektualität, das Primitive in uns selbst vergessen sollten. Wir sollten nicht den Mythos von dem verführerischen Affen vergessen! Und nur weil diese Affen es erfunden haben«, fügte sie selbstbewußt hinzu, »braucht das ja nicht zu bedeuten, daß wir es nicht verfeinern können. Sie haben nun mal nicht unsere technologischen Erfahrungen; und sie sind lange nicht so intelligent wie wir. Deshalb müssen wir darüber nachdenken, was wir mit ihren Erfindungen machen können.«

»Klingt alles ziemlich vage. Sie verzetteln sich, Murasaki, Sie greifen nach Strohhalmen. Was wollen Sie denn von diesen Menschen lernen – mystische Riten? Voodoo? Und«, fügte er noch hinzu, »Sie waren es, die *preta-na-ma* zuerst erwähnt haben, nicht ich. Vielleicht gehören *Sie* ja dazu! Sie kennen die Strafe.«

»Seien Sie still! Ich stehe immer noch einen Rang höher als Sie in der Kommandofolge – bis neue Befehle eintreffen. Ich erwarte Respekt. Ich dulde keine so schändliche Beschuldigung.«

»Die Rangfolge ist unterbrochen, meine liebe Lady Murasaki. Die Mutterschiffe können uns zur Zeit nicht erreichen. Die Zukunft heißt Eigeninitiative, und das hat nichts mit Einschmeicheleien beim hohen Kommando zu tun! Wenn die Schiffe zurückkehren, werden die Resultate, die wir vorzuweisen haben, darüber entscheiden, wer von uns aufsteigt.«

»Wenn sie zurückkehren«, erwiderte Murasaki. »Ja, wenn sie zurückkehren.« Das war ein Ritual, das signalisieren sollte, daß die Konversation zu Ende war.

»Ja. Wenn die Mutterschiffe zurückkehren«, sagte Wu Piao seufzend, und er verschwand in einer Bildstörung.

Kapitel 12

Die Sonne ging unter in Haataja, hinter der Autobahnbrücke, die über der Spruce Street verlief. Sie saßen bei Po Sam's. »Es ist zum Verrücktwerden«, meinte Matt gerade und trank noch eine Flasche Tsing-Tao-Bier. »Und ich dachte, alles würde wieder normal werden, nachdem die Visitors weg sind.«

»Aber nichts ist normal!« stöhnte Theresa, Sams Frau. »Die Polizei ist nicht gekommen, um Annes Tod zu untersuchen, kein Leichenbeschauer, nichts ... es interessiert gar keinen!«

»Aber wie sollen wir überhaupt nach Japan kommen?« überlegte Tomoko. »Mal angenommen, die Beweise stimmen, und dort wird tatsächlich ein Komplott geschmiedet. Ihr wißt, daß ich monatelang auf die Erlaubnis warten mußte, Tokio verlassen zu können. Ich wette, CB hat noch nicht mal einen Paß. Und du, Matt, hast du seit der Invasion das Land verlassen? Ich wette, keiner von euch hat es.«

»Darüber habe ich überhaupt noch nicht nachgedacht«, sagte Matt und begann seine hastige Zusage zu bedauern. Er hoffte jetzt, daß es noch einen zweiten Ausweg geben würde. »Was sollen wir tun? TWA im Flughafen Los Angeles anrufen und einen Flug buchen? Ich habe gar nicht genug Geld für vier Flüge.«

»Wie kannst du jetzt an Geld denken?« regte sich Tomoko auf.

»Wir werden nicht von LAX abfliegen«, entgegnete Sugihara plötzlich. Er gebrauchte den allgemeinen Spitznamen für Los Angeles' größten internationalen Flughafen. Jeder schaute jetzt auf ihn; seine Stimme, obwohl total ruhig, strahlte Autorität aus. »Es gibt nur einen offiziellen Flug jede Woche nach Tokio. Die japanische Regierung hat sich entschlossen, die Grenzen dichtzumachen, aus was für Gründen auch immer. Es ist nur ganz wenigen erlaubt, das Land zu betreten. Es gibt keine Linienflüge mehr wie zu Zeiten vor der Invasion.«

Er verließ jetzt den Videospielapparat. Höchstwahrscheinlich hatte CB ihm den Trick mit dem Spiel gezeigt. Er wirkte so imposant in diesem schmutzigen Lokal. Das gedämpfte Licht warf Schatten auf sein Gesicht, und die Metallfäden seines Samuraikostüms glitzerten. Wie, zum Teufel, wunderte sich Matt, hatte der Mann es nur geschafft, in diesem Aufzug vor einem Einkaufszentrum in einem Vorort aufzutauchen, ohne daß jemand einen Kommentar dazu abgab? In der Stadt auf dem Boulevard hätte er wahrscheinlich kaum Aufsehen erregt, aber Haataja und L. A. waren zwei völlig verschiedene Welten.

»Während meiner Gefangenschaft konnte ich viele Dinge über die Visitors in Erfahrung bringen«, erklärte ihnen Sugihara. »Ich weiß zum Beispiel, daß einer ihrer brillantesten Wissenschaftler – Fieh Chan persönlich, so lauten die Gerüchte – eine halborganische Thermalhaut erfunden hat; sie ist extrem dünn und so biegsam, daß die Visitors sie als Körperschutz tragen können; sie ist außerdem unsichtbar und undurchdringlich für den roten Staub. Ich habe außerdem gehört, daß der Vorrat an Druckhäuten knapp ist, aus Gründen, die ich nicht in Erfahrung bringen konnte. Sie sind zwar dehnbar und flexibel genug, wenn man sie nicht falsch behandelt, aber sie können auch leicht ein Loch bekommen oder zerrissen werden. Das ist das Fatale daran.«

»Das also habe ich letzte Nacht bei dem Mann, den ich tötete, gefunden«, rief Matt.

»Ich weiß auch, daß eine ganze Menge saurischer Agenten nach Amerika gekommen ist; und daß sie ein Basislager ganz in der Nähe haben, hier in Orange County auf dem John-Wayne-Flughafen.«

»Dieser Flughafen ist geschlossen seit... der Invasion!« meinte Tomoko. »Er ist immer noch geschlossen.«

»Genau!« kommentierte Sugihara.

Er strahlte eine so heitere Klarheit aus. Matt konnte das nicht verstehen und wollte es auch nicht. Und was war da nur zwischen dem alten Mann und seiner Frau? Waren sie sich vielleicht in Japan schon mal begegnet? Und wie schnell hatte er den Jungen begeistert? Es hatte Monate gedauert, bis Matt ihn für sich gewinnen konnte. Groll stieg in ihm auf. »Wieso, zum Teufel, wissen Sie so viel über diese verdammten Aliens?« fragte er. »Sagen Sie mir, wenn Sie soviel wissen, wer dieser Alienschwertmeister ist, der auf diesen Telegrammen unterschrieb?«

»Das kann ich Ihnen nicht sagen«, erwiderte Sugihara. »Das ist ein Geheimnis.«

»Woher soll ich wissen, ob Sie nicht ein Kollaborateur sind?«

Tomoko rief: »Um Himmels willen! Dieser Mann hat dir gerade das Leben gerettet, Matt.«

»Es gefällt mir trotzdem nicht.«

»Du hast dein Wort gegeben, Matt Jones, daß du an unserer Reise teilnehmen wirst, um deine Freunde und Kollegen zu retten.«

»Habe ich das wirklich?« fragte Matt. »Ich bin nicht mehr damit einverstanden! Ich war verwirrt. Ich...« Nervös schwieg er.

»Ich gebe Ihnen als Schwertmeister mein Wort, daß ich nicht Ihr Feind bin, Matt Jones.«

»Was ist, wenn Sie doch für *sie arbeiten*? Dann ist Ihr Wort nicht einen Pfifferling wert!«

»Dieses Risiko müssen Sie eingehen. Genauso wie ich mich auf Ihr Wort verlasse mitzukommen.«

»Wie wäre es, wenn...«

»Wir werden mitkommen«, erklärte Tomoko.

»Was ist mit Annes Beerdigung?« sagte Matt ziemlich verzweifelt.

»Wir werden uns um die Beerdigung kümmern«, mischte sich Sam ein. »Du scheinst sehr verzweifelt, Matt. Es ist gut, wenn du mitgehst. Vergiß den Schmerz. Glaub altem Sam. Ich denke, Anne will, daß du gehst. Sie ist gestorben im Kampf gegen sie.«

»Ich habe einen Plan«, sprach Sugihara. »Aber alleine kann ich ihn nicht ausführen. Morgen fahren wir zum John-Wayne-Flughafen. Ein Visitorraumschiff, eines der ganz wenigen, die noch auf diesem Planeten sind, befindet sich dort. Sie haben es benutzt, um gewisse...«

»Ihr meint, um Rod Casilli und Kunio Yasutake und Lex Nakashima und Jonathan Kippax und all die anderen Großmeister zu kidnappen?« fragte Matt.

»Ich fürchte, ja.«

»Fahren Sie fort.«

»Ich habe herausbekommen, daß dieses Visitorshuttle morgen Orange County verlassen und nach Tokio fliegen wird. Die Visitors haben ihr – ›Rohmaterial‹, wie sie es beschönigend nennen – gefangengenommen. Wir könnten auf dieses Raumschiff gelangen. Ich bin überzeugt, daß ich sie austricksen kann, um an Bord zu kommen. Ich bin so vertraut mit ihrem Verhalten, daß ich vorgeben kann, einer der ihren zu sein.«

»Und wir?«

»Ihr müßtet euch als meine Gefangenen ausgeben, tut mir leid.«

»Das ist ein Trick!« brüllte Matt. »Sie *arbeiten* für sie. Anders kann es nicht sein!«

Hochaufgerichtet stand Sugihara da; kein Gefühlsausdruck war auf seinem Gesicht zu lesen.

»Was können wir schon verlieren?« fragte Tomoko.

»Das hast du ja toll gesagt!« schrie Matt. »Wir haben eine Menge zu verlieren! Unser letztes Hemd. Unser Leben. Einander.«

»Ihr vertraut mir nicht?« wollte Sugihara wissen.

»Nein! Warum, zum Teufel, sollte ich auch! Sie schneien da plötzlich in mein Leben, ziehen die ganze Aufmerksamkeit von meiner Frau und meinem Sohn auf sich...«

»So unsicher, mein Freund?« sprach Sugihara. »Das tut mir leid. Es ist so, wie Ihr Freund Sam sagte: Ihr innerer Schmerz ist noch zu groß. Die Lehre des Zen ist nicht für alle Menschen gedacht, dennoch – Matt, bitte glauben Sie mir, daß ich nicht Ihr Feind bin. Noch begehre ich das, was zu Ihnen gehört. Die Welt – der gesamte Planet, das Leben von Milliarden – die Welt steht auf dem Spiel!«

»Die Welt«, wiederholte Matt tonlos. Er wußte, daß es sinnlos war zu streiten; trotz allem würden sie aufbrechen, sie würden aufbrechen zu diesem wilden Abenteuer, das wußte er.

Er hatte sein Wort gegeben, nicht wahr?

In dieser Nacht gingen sie nicht nach Hause, sondern legten sich auf die Matten in der großen, leeren Turnhalle des Instituts. Sie hatten noch lange darüber diskutiert, ob sie nach Hause gehen und Reisevorbereitungen treffen sollten; aber es war ihnen zu gefährlich erschienen, das Gebäude nachts zu verlassen und vielleicht noch einmal auf ninjagekleidete Mörder zu treffen.

Matt konnte nicht schlafen. Er stand auf und begann, den Korridor außerhalb der Halle auf und ab zu gehen, wo Sugihara mit geschlossenen Augen in Meditationsstellung saß. Matt konnte nicht erkennen, ob er wach war oder schlief. Im Halbdunkel hatte seine Haut eine merkwürdige schimmernde Blässe, als ob sie mit einer Folie bedeckt sei, wie in Plastik getaucht. War er vielleicht doch einer von ihnen? Half er Matt und den anderen nur, um sie in eine heimtückische Falle zu locken?

Dann hörte er die Toilettenspülung und kroch an der Wand entlang, um besser sehen zu können. Er erblickte Tomoko. »Kannst du auch nicht schlafen?« fragte sie.

»Ich traue ihm nicht!« flüsterte er.

»Ich verstehe. Ich weiß nicht warum, aber ich schon.«

»Bist du ihm schon mal begegnet? In Tokio, meine ich. Wie hat er uns nur aufgespürt? Wie konnte er uns in so kurzer Zeit finden? Du *kennst* ihn, nicht wahr? Ich habe gesehen, wie ihr euch angesehen habt.« Wieder stieg Eifersucht in ihm auf, er konnte es nicht verhindern.

»Ich schwöre, daß ich ihn noch nie zuvor in meinem Leben gesehen habe«, erwiderte Tomoko so eindringlich, daß er wußte, sie log ihn nicht an. Außerdem war sie eine schlechte Lügnerin. Vor ihrer Trennung war es ihre Unfähigkeit gewesen zu lügen, die ihn immer so wütend gemacht hatte. Und sie hatte einen guten Instinkt für Menschen. Er erinnerte sich, daß er aufgrund ihrer Fürsprache Anne eingestellt hatte, die, wie sich zeigte, vertrauenswürdiger war als irgend jemand sonst, den er vorher eingestellt hatte.

»Oh, Matt, ich liebe dich«, sagte sie weich.

»Es tut mir gut, das jetzt zu hören.« Und es wurde ihm erst jetzt klar. »Ich gehe Gott weiß wohin, um gegen Gott weiß was zu kämpfen. Oh, Tomoko...«

Sie küßten sich. Und in diesem Kuß lag so viel ihrer alten Leidenschaft...

»Ich will dich lieben«, drängte er.

»Jetzt? Hier?« Sie lachte, ein warmes, liebendes Lachen. Plötzlich...

Er spitzte die Ohren. »Jemand spricht im Büro.«

»Shh. Ja. Laß uns nachsehen.«

»Nein, du bleibst hier. Ich werde gehen.«

»Zusammen, Matt. Von jetzt an immer zusammen.« *Sie hat sich auch verändert*, dachte Matt. *Das bin nicht nur ich. Wir bemühen uns beide mehr.*

Sie schlichen in das Vorzimmer. Die Tür zum Büro war angelehnt. Und das Licht war an.

Die Stimme eines kleinen Jungen: »Nein... ich kann dir nicht sagen, wo wir hinfahren, Mia. Es ist ein Geheimnis, verstehst du?«

»Wer ist Mia?« flüsterte Tomoko.

»Seine Freundin«, wisperte Matt grinsend.

»In seinem Alter?«

»Kinder.«

»Laß mal hören.«

»...ich meine, es ist wirklich eine riesige Geschichte, und das Telefon könnte abgehört werden. Wann wir uns wiedersehen, weiß ich nicht, verstehst du? Aber ich hab' dich immer noch gern. Hey. Oh, ich hab' was Neues bei ›Galaga‹ herausgefunden. Spieler eins hat eine Million weniger einem Punkt, aber da ist noch genügend Platz vor der Markierungslinie für Spieler zwei, und wenn du jetzt zu zweit spielst, kannst du Spieler eins total austricksen, und zwar so lange, bis du eine Milliarde minus eins Punkte hast, und das macht irren Spaß, hörst du? Total radikal.«

»Von was, zum Teufel, spricht er?« fragte Tomoko verblüfft.

»Zu hoch für mich«, lachte Matt.

CB machte eine Pause, er mußte sie flüstern gehört haben.

»Hey, bis später. Meine Eltern wollen, daß ich jetzt aufhöre.«

»Seine Eltern?« fragte Tomoko.

»Shh«, meinte Matt. »Ich denke, das ist CBs Vorstellung einer gefühlvollen Abschiedsszene.«

»Oh.«

Sie schlichen davon.

Der Lieferwagen – er trug das Zeichen von Matts Institut – hielt vor einer Absperrung am Flughafen. Es war noch nicht hell. Sugihara fuhr. Es hatte sich herausgestellt, daß er mit einem Wagen gekommen war, der jetzt auf dem Parkplatz des Instituts stand, ein Ferrari immerhin. Deshalb war er so schnell gewesen. Wie widersprüchlich dieser Mann war. Am Morgen hatte er vom Rücksitz seines Wagens eine kleine Tasche herausgezogen, war ins Badezimmer des Instituts gegangen und war dann in der Uniform eines Visitors wieder herausgekommen! Tomoko hatte aufgeschrien.

»Ganz ruhig«, hatte er milde gesagt. »Ich habe sie gestohlen.« Dann hatte er ihnen seinen Plan erklärt…

Matt, Tomoko und der Junge mußten sich bereit erklären, gefesselt zu werden. Dann wurden sie in den Lieferwagen gepackt. Und dann hatte Matt mit beträchtlichen Zweifeln die Schlüssel des Lieferwagens Sugihara ausgehändigt.

»*Arigato gozaimashita*«, hatte der alte Mann gesagt und sich steif verbeugt. »Jetzt – müssen Sie sich etwas trotzig und ängstlich verhalten.«

Und dann waren sie losgefahren.

Ein Mann (ein Mensch?) in einem Parkhäuschen schaute sie nur verwundert an, bevor er sie durchließ. »Sie scheinen den Weg etwas zu gut zu kennen«, meinte Matt mißtrauisch.

Er schaute aus dem Fenster und sah eine Bronzestatue von John Wayne. Er erinnerte sich noch an den Tag, an dem die Statue aufgestellt worden war und der Orange County Flughafen nach einem wahren amerikanischen Helden benannt worden war. *Mein* Held, dachte Matt und erinnerte sich an die Bilder seiner Kindheit. Was hätte der Cowboy wohl an seiner Stelle getan? Das Licht der Dämmerung fiel auf die Statue; sie schimmerte rot-golden wie ein Leuchtfeuer der Hoffnung.

»Wer ist denn der fette Kerl?« fragte CB.

»Verdammter Junge! Du kennst aber auch gar nichts. Das, mein Junge, ist ein wirklicher Held – ein wahrer Mann!«

CB zuckte mit den Achseln, und Matt fragte sich, ob er wirklich schon so alt war.

Sie fuhren durch ein offenes Tor – unbewacht – auf eine Rollbahn. Dann sah Matt ein schlankes, stromlinienförmiges Raumschiff: eine Kampffähre, so wurde es in den Nachrichten genannt.

Zwei bis drei Wachen patrouillierten davor auf und ab.

Sugihara hielt den Wagen an.

»Ich bringe die Gefangenen«, sagte er.

»Mist«, flüsterte CB.

Matts Herz begann wild zu schlagen.

»In Ordnung«, meinte Sugihara mit einem krächzenden Flüstern, »verhaltet euch jetzt so, wie ich es euch gesagt habe.«

»Ich denke nicht daran!« zischte Matt. »Sie tricksen uns doch aus, nicht wahr? Sie würden ja sogar ein paar Echsen opfern, um mich gefangenzunehmen.«

»Ruhe!« Sugihara stieg aus dem Wagen. »Bringt diese Menschen an Bord des Raumschiffes!« befahl er den Wachen.

»Trickser«, zischte Matt.

Die Wachen starrten sie an. »Wir haben keine Befehle bekommen bezüglich Gefangener«, begann einer. »Die anderen Transportgüter sind schon seit einiger Zeit fertig verladen. Warten Sie eine Minute. Sie sind nicht der Copilot.«

Sugihara fixierte ihn mit einem durchdringenden, hypnotischen Blick. Die Wache zuckte zusammen. »Ja, Meister«, sagte er katzbuckelnd. Was hatte das alles zu bedeuten? Dann gingen die beiden weiter weg. Man konnte nur noch vage hören, wie sie sich schnell und wütend unterhielten. Das war seltsam. Matt speicherte das in seinem Gedächtnis; es trug noch zu seinem Mißtrauen bei.

Die Tür des Lieferwagens wurde geöffnet. Unsanft wurde Matt herausgeschubst und eine kleine Rampe hinauf zum Raumschiff geschoben. Dann wurden Tomoko und CB geholt, die sich wehrten und laut protestierten, während sie neben Matt gestoßen wurden.

Matt schaute sich um. Die Ladung war bizarr. Es gab Käfige voller Rhesus-Äffchen, die wimmerten und traurig hin und her schauten. Viele Bücherstapel, einige in der eckigen, unverständlichen Alienhandschrift. Dann gab es Kartons, die mit dem komplizierten Namen einer organischen Chemikalie beschriftet waren und das Emblem eines bekannten pharmazeutischen Konzerns trugen. Es gab Rollen, die aussahen wie durchsichtige Plastikfolien.

Matt hörte es kurz aufsurren; sie stiegen hoch.

Nach einiger Zeit sagte Tomoko: »Tut mir leid, Matt, aber ich fürchte, ich habe mich geirrt.«

Lange schwiegen sie.

Die Raumfähre bewegte sich kaum. Obwohl man ihn unbequem gefesselt hatte, spürte Matt so gut wie nichts davon, daß sie flogen. Er hörte Stimmen, aber er konnte nicht erkennen, ob es menschliche oder die harschen der Visitors waren.

Endlich kam Sugihara nach hinten zu ihnen.

»Vielen Dank, daß Sie uns nun doch gefangengenommen haben«, begrüßte ihn Matt.

Ohne ein Wort begann Sugihara sie loszubinden. »Whoa!« kommentierte Matt.

Tomoko sah ihn mit einem Ich-hab's-dir-ja-gesagt-Blick an. CB grinste wie ein Idiot. Sugihara legte einen Zeigefinger auf seine Lippen.

Matt deutete den anderen beiden an, hier zu warten, und kroch mit Sugihara nach vorn. Die beiden Piloten saßen vor der Kontrollkonsole. Matt und Sugihara sprangen auf sie zu und erledigten sie gleichzeitig mit zwei Karateschlägen. Nur ein einziger Aufschlag war in der kleinen Kabine zu hören. Die beiden brachen zusammen. Sugiharas Opfer begann zu keuchen, dann hörte man wieder dieses entsetzliche Geräusch, als das Toxin auf den Körper traf. In der Zwischenzeit hatte Sugihara angefangen, den Visitor auszukleiden, ungeachtet der klebrigen Flüssigkeit, die aus dem Körper tropfte. »Schnell, Matt. Du mußt deinen ausziehen. Und dann zieh seine Uniform an.«

Mürrisch gehorchte Matt.

»Hinten sind Behälter, die vielleicht Laserwaffen enthalten«, meinte Sugihara. »Vielleicht sind sogar einige von ihnen geladen, obwohl die Visitors in letzter Zeit kaum noch dazu die Möglichkeit hatten. Schnell, wir müssen die beiden Körper hinauswerfen.«

»Wohin?« fragte Matt.

»In den Pazifik«, antwortete Sugihara und deutete auf die sie umgebenden Bildschirme. Matt sah den Ozean – ruhig, kleine Wölkchen, wunderschön. »Und überhaupt, weiß einer von euch, wie man diese Dinger fliegt?«

»Ja, ich.« Tomoko tauchte von hinten auf. Sie ging zur Konsole hinüber und setzte sich ruhig hin, so als ob sie ihr Leben lang nichts anderes getan hätte.

»Wo hast du das bloß gelernt…«, begann Matt.

»Das hier«, erklärte Tomoko, »ist der Höhenmesser. Und *das* ist der Treibstoffanzeiger.«

»Du machst Witze.« Matt starrte sie mit offenem Mund an.

»Aber nein, Liebling. Das habe ich so nebenbei gelernt, als ich versuchte, nicht geraubt, getötet und aufgefressen zu werden.«

»Gott, ich fühle mich wie ein nutzloses Anhängsel«, sagte Matt. »Ich meine, ich bin hier siebentausend Meter über dem Meeresspiegel. Ein Samurai, der aussieht, als sei er dem letzten Kurosawa-Film entsprungen, hat diesen wahnwitzigen Plan ausgeheckt, und meine Frau hat irgendwo gelernt, wie man ein Alienraumschiff steuert, und mein Junge…«

»…schlägt dich mit verbundenen Augen beim ›Galaga‹«, beendete CB den Satz für ihn, während er von hinten hervorkam. »Hey, Sugihara-san, wofür ist denn dies ganze Zeug da hinten gedacht?«

»Ich vermute, daß die Rhesusäffchen, weil sie den Menschen so nahe stehen, für Experimente gedacht sind. Und die Chemikalien und Rollen haben etwas mit der Produktion der Druckhaut zu tun.«

»Ich denke immer noch, daß Sie zuviel wissen. Ich halte Sie immer noch für ganz schön verdächtig«, motzte Matt, obwohl ihm der Bursche langsam immer sympathischer wurde. »So, und jetzt nehme ich an, daß wir auf dem Flughafen in Tokio landen, den japanischen Untergrund verständigen, und dann schlagen wir los? Daran haben Sie doch gedacht, oder? An den japanischen Untergrund. Das wäre doch einleuchtend?«

»Ich kann nichts sagen«, entgegnete Sugihara zweideutig.

Offensichtlich, kam Matt zu dem Schluß, war Sugiharas Exzentrizität einfach nur Exzentrizität. Der Mann hatte einfach viel Fantasie und liebte es, die Rollen zu vertauschen. Nun gut, wenn es ihm Spaß machte, eine Rolle in einem Kostümepos zu spielen, warum nicht? Solange er damit etwas erreichte...

Sie brauchten ziemlich lange, bis sie die beiden Visitors nach hinten gezerrt und hinausgeschubst hatten; die Uniformen packten sie in Rucksäcke, die sie hinten in den Behältern gefunden hatten; dann testeten sie die Lasergewehre und -waffen und fanden einige noch funktionsfähige.

»Wie lange dauert es noch, bis wir landen werden?« wollte Matt zum wiederholten Male wissen, während er nervös Tomoko beobachtete, die an den Kontrollhebeln der Kampffähre arbeitete. Was würde John Wayne dazu sagen, daß eine Frau und ein Junge besser waren als er?

»Nun«, meinte Sugihara auf einmal, »ich habe schlechte Nachrichten. Wir können nicht landen.«

»Ich hab's gewußt! Sie sind *doch* einer von ihnen...« Matt geriet erneut in Panik.

»Nein, nein, nein. Es ist nur so, daß der Narita Flughafen voll von Visitors und konvertierten Leuten ist. Nein, ich fürchte, wir müssen auf eine etwas dramatischere Weise ankommen. Tomoko, wo haben sie in diesen Dingern die Fallschirme versteckt?«

»Fallschirme? Geil!« rief CB.

»Fallschirm?« fragte Matt erstaunt.

»Oh, mach dir keine Sorgen, Matt, Liebling«, meinte Tonoko lachend. »Es ist wirklich nichts Großartiges, aus einem Alienraumschiff abzuspringen. Ich mach' das andauernd. Ein Kinderspiel.«

Matt verdrehte die Augen.

Teil 3 Tokio: Die Jagd

Kapitel 13

Wieder einmal lag Minister Ogawa demütig mit der Stirn auf dem mit *Tatami*matten bedeckten Boden und sah lediglich einen kunstvoll mit Brokat gemusterten Kimono. In die purpurfarbene Seide waren mit goldenen Fäden und in grellem Rot und Türkis Szenen unvorstellbaren Grauens gestickt: Echsen, die an den Eingeweiden von Menschen herumnagten, Echsen mit feurigen gelb-topasfarbenen Augen waren in das Futter der Robe genäht worden. Unter dem äußeren Kimono sah man einen zweiten und einen dritten, jeder schrecklicher als der vorhergehende. Es war die entsetzliche Parodie eines traditionellen japanischen Hochzeitsgewandes.

Ogawa hielt den Kopf gesenkt und atmete den Geruch alten Holzes und frischen Strohes ein.

»Warum schaust du mich nicht an?« fragte Lady Murasaki.

»Meisterin, Ihre... Ihr Glanz blendet mich, ich...«

»Schau mich an!«

Er hob gehorsam den Kopf.

Er stieß einen Schrei aus, den er schnell unterdrückte und sich wieder verneigte.

In diesem Sekundenbruchteil hatte er gesehen...

Sie macht sich noch nicht mal mehr die Mühe, eine menschliche Maske zu tragen! Oben auf dieser eindrucksvollen Robe befand sich der Kopf eines Reptils! Und als er vor Entsetzen zurückgewichen war, hatte er noch gesehen, daß sie gierig an etwas nagte – einem menschlichen Finger!

»Gefällt dir mein Aufzug etwa nicht?« wollte Lady Murasaki wissen.

»Ich... Sie... meine Meisterin...«

»Der Befehl kam von Fieh Chan. Nie mehr werden wir unsere wahre Natur vor euch niederen Wesen verbergen. Wir sind die Herren, und ihr seid nur erbärmliche Diener. Nie mehr diese Maskerade. Wir haben es nicht mehr nötig, euch einzulullen, damit ihr sklavisch gehorsam seid, eh? Wir haben *dich* und andere Kreaturen, damit ihr für uns arbeitet. Nein. Von jetzt an werden wir uns nur noch mit der Ausübung von Macht beschäftigen: der reinen, nackten, unentrinnbaren Macht. Sag es! Sag, daß ich die Schönste bin, daß nur ich das idealste Aussehen habe – und daß ihr nichts weiter seid als niedrigste Affen, deren einziges Privileg es ist, aus dem Staub aufzuschauen, um voller Bewunderung in das Gesicht eines Reptils aufblicken zu dürfen – das wahrhaftigste Schlangenwesen – ein Gott!«

Erinnerungen an die alten Tage gingen Ogawa durch den Kopf. Er dachte an seine Zusammenkünfte mit Fieh Chan. Bei Fieh Chan hatte er sich niemals so... so jämmerlich gefühlt. Niemals! Ganz tief in ihm regte sich ein Gedanke, ein winziger Gedanke, der nicht nachlassen wollte, obwohl die Konditionierung sich jetzt regte, um ihn zu vernichten, ihn für immer zurückdrängen wollte in sein Unterbewußtsein, so daß er ihn niemals bewußt denken sollte, regte sich der Gedanke, daß ein Teil in ihm nach Freiheit schrie...

Schnell begann er den Satz, den Murasaki ihm in den Mund gelegt hatte, zu murmeln: »Ja, Lady Murasaki, Ihr Aussehen ist perfekt, unbeschreiblich erhaben und großartig. Ich bin nur ein Affenmensch, ich existiere nur, um Ihnen zu dienen und Sie zu nähren.«

»Gut. So ist es recht. So, und nun, wie steht es mit dem Umbau im Matsuzakaya-Kaufhaus in der Ginza – ist er vollständig durchgeführt worden? Ist öffentlich Werbung gemacht worden?«

»Ja, meine Dame. In ganz Tokio hängen Werbungsplakate für das neue... Selbstzerstörungszentrum. Bitte, meine Dame, erlauben Sie mir, der erste zu sein, der dorthin gehen darf.«

»Abgelehnt!« schnarrte Lady Murasaki.

»Aber meine Schande...«

»Du wirst keine egoistischen Gedanken mehr haben, wie du dich umbringen kannst, du bemitleidenswerter kleiner Halunke, so lange nicht, bis *ich* darüber entschieden habe. Ich bin euer Feudalherr. Und niemand anderem gehört euer Leben.«

»Hai, tono!«

Und Ogawa verneigte und verneigte sich immer wieder vor diesem Saurierwesen, das die Kleidung einer Dame des alten Herrengeschlechts trug...

Allein in ihrem Privatzimmer in dem geheimen Visitorlager, konnte Lady Murasaki nicht widerstehen, ihre hämische Freude Wu Piao mitzuteilen.

»Was!« äußerte Wu Piao verblüfft. »Sie haben es noch nicht einmal mehr für nötig gehalten, Ihre menschliche Maske zu tragen?« Er trug seine, wie sie erkennen konnte.

»Ich liebe eben diese Menschen nicht so wie Fieh Chan«, antwortete sie und ließ mutwillig die alte Regel außer acht, die menschliche Sprache zu sprechen, auch wenn kein Mensch anwesend war. »Ich fühle mich sexuell nicht zu ihnen hingezogen; und ich möchte auch nicht so aussehen wie sie. Und jetzt, wo Fieh Chan praktisch verschwunden ist, sehe ich auch keinen Grund mehr, diesen Schein weiter aufrechtzuerhalten. Ich war nie für diese Speichelleckerei diesen Kreaturen gegenüber. Außerdem ist es jetzt, wo wir gezwungen sind, die Thermaldruckhäute zu tragen, um uns vor der Verseuchung zu schützen, noch lästiger, diese Affenmasken anzulegen.«

»Sie setzen alles aufs Spiel«, sagte Wu Piao auf japanisch. *Seine Vorsicht,* dachte Murasaki, *ist fast spürbar.*

»Es ist mehr als ein Spiel für mich! Ganz Japan liegt in meinen Händen. Die gesamte Wirtschaft und Technologie ist zusammengebrochen, und jetzt hängt alles von meiner Barmherzigkeit ab. Ihre Regierung wird von Konvertierten kontrolliert. Und ich habe gerade den Bau einer Fleischverwertungsanlage fertiggestellt – die ihren Nutzen zieht aus der Neigung der Menschen, Suizid zu begehen! Es ist wunderbar! Wir schlachten und entseuchen sie im gleichen Gebäude, und dann verarbeiten wir sie.«

»Aber wir haben doch im Augenblick gar keine Möglichkeit, die Dosen zu verschiffen!«

»Bah! Wenn unsere Wissenschaftler erst einmal auf dem Heimatplaneten ein Gegenmittel gegen das Toxin entwickelt haben... und ich bin sicher, daß ihnen das gelingen wird, wenn man bedenkt, um wieviel weiter unsere technologische Entwicklung ist..., und dann wird dieser *mein* Sektor das Sprungbrett sein, von dem aus wir die Welt erobern werden... und nicht Los Angeles! Und *ich* werde dem hohen Kommando gegenüberstehen! Ganz abgesehen von dem schönen Profit, den das schon verpackte Fressen abwerfen wird.«

»Ihr Ehrgeiz ist bewundernswert«, meinte ihr Kollege, und voller Befriedigung bemerkte Murasaki den Neid in Wu Piaos Stimme. »Aber was wird, wenn Fieh Chan doch zurückkehren sollte?«

»Die Wahrscheinlichkeit ist gering!« antwortete Murasaki überheblich. Wu Piao öffnete den Mund, um zu protestieren, aber sie fuhr unbeirrt fort. »Und ich brauche Sie ja wohl kaum daran zu erinnern, daß laut Gesetz während seiner Abwesenheit der zweite Offizier die volle Autorität hat. Und während dieser einstweiligen Regelung stehe ich einfach eine Stufe höher als Sie.«

»Ich wußte ganz genau«, sagte Wu Piao, als er langsam vom Bildschirm verschwand, »daß Sie nicht vergessen würden, mich daran zu erinnern.«

Kapitel 14

Déjà vu. Dieses Gefühl hatte Tomoko. Das Fallen durch die Luft... die Reisfelder. Nur diesmal war der Himmel nicht rot. Das Toxin war jetzt schon tief in das Erdreich eingedrungen. Und der Reis hatte auch nicht mehr die Farbe zartgrünen jungen Reises, sondern zeigte ein viel tieferes Grün, das fast ins Gelbe überging. In den entfernt liegenden Hügeln sah man Menschen in den Terrassenreisfeldern arbeiten.

CB und Matt schauten sich ebenfalls alles genau an. Besonders der Junge schien über alles in Staunen auszubrechen.

Dennoch hatte sich vieles verändert seit Tomokos letztem Absprung. Damals hatte man einige Autos auf der Autobahn gesehen; heute nicht ein einziges. Daher gingen sie zu Fuß. Sie erreichten eine verlassene Tankstelle; selbst das Telefon war außer Betrieb. Auf einem Schild stand:

GESCHLOSSEN
LAUT VERORDNUNG DES JAPANISCHEN
PARLAMENTS AUFGRUND DER BENZINKRISE

»Dann sind sie also vom Rest der Welt abgeschnitten«, bemerkte Matt, nachdem Sugihara das Anschlagbrett übersetzt hatte.

»Wir sollten uns beeilen«, schlug Tomoko vor. »Wenn wir Glück haben, erreichen wir noch vor Einbruch der Nacht die Untergrundbahn.«

»Wie sollen wir zu Geld kommen?« fragte CB besorgt.

Als Antwort klimperte Matt mit seinen Taschen. »Die habe ich aus den Uniformen in unseren Rucksäcken«, meinte er. »Sugihara hat gesagt, daß es U-Bahn-Münzen sind. Auf ihnen ist ein Reptil abgebildet.«

»Schau!« rief CB. »Was ist *das* für ein Zeichen?« Er deutete auf ein Flugblatt, das an einer zerfallenen Mauer hing. Eine ältere Frau saß davor und weinte bitterlich.

Sugihara übersetzte es sofort: »*Verordnung des Kulturministers. Diejenigen, die das starke Verlangen verspüren, nach einer enttäuschten Liebe, mißglückter Karriere oder Erleuchtung durch den ZEN ihr Leben ehrenhaft zu beenden, werden hiermit eingeladen, sich im Institut für inneren Frieden zu melden im alten Matsuzakaya-Geschäftsgebäude in der Ginza. Der Rest davon ist abgerissen*«, erklärte er.

»Was hat das zu bedeuten?« fragte Matt besorgt.

»Ich glaube, es bedeutet, daß der traditionelle Brauch des kollektiven Selbstmordes in dieses Land zurückgekehrt ist... aber exzessiv!«

Sugihara wandte sich der alten Frau zu. »Warum weinen Sie?« wollte er wissen.

»Mein Mann... meine Kinder... sie haben inneren Frieden gesucht«, antwortete sie. Tomoko konnte sie durch ihr Weinen kaum verstehen.

»Das ist ja furchtbar!« sagte Tomoko auf japanisch.

»Nein, Tomoko«, flüsterte Sugihara. »Du bist nur zur Hälfte Japanerin. Vielleicht verstehst du das nicht.«

»Doch, ich verstehe es. Ich kenne es aus meinen anthropologischen Büchern, ich weiß, was es bedeutet... aber hier passiert es wirklich«, erklärte sie ihm.

»Worüber sprecht ihr überhaupt?« wollte CB wissen.

»Laßt uns weitergehen«, entschied der alte Mann.

Mit der U-Bahn fuhren sie bis zur Haltestelle Meguro. Und sie fanden, da Tomoko nicht wußte, wohin sie sonst gehen sollten, das alte anthropologische Institut. Es war mit Brettern vernagelt; kein Diener kam diesmal an die Tür.

»Es wird schon dunkel. Wo sollen wir nur schlafen?« protestierte CB.

Endlich kam jemand. Quietschend öffnete sich die Tür. »Ach, Tomoko.« Eine alte Stimme mit einem deutschen Akzent. »Wieso kommen Sie wieder zurück? Hier ist die Hölle los. Wer sind diese Leute, warum bringen Sie sie hierher?«

»Lassen Sie mich hinein, Professor Schwabauer«, bat Tomoko. Und das tat er dann auch. Das Haus, einst so prächtig, war jetzt völlig verwahrlost. Sie forderte die anderen auf, ebenfalls einzutreten. »Was ist hier passiert?«

Schwabauer erzählte: »Es war furchtbar. Sie kamen und nahmen jeden mit. Nur um ihnen Fragen zu stellen, erklärten sie; seitdem habe ich keinen mehr von ihnen gesehen. Ich hatte mich in einer Wäschekiste versteckt. Sie fragten jeden nach Ihnen, Tomoko. Warum nur? Was wollten sie nur von Ihnen?«

»Sie wollten meinen Mann«, erklärte Tomoko.

»Oh, es war so entsetzlich«, wiederholte Schwabauer schaudernd. »Seitdem habe ich das Gebäude nicht mehr verlassen. Das Essen geht mir langsam aus.«

»Jetzt ist alles in Ordnung, Professor«, beruhigte Matt ihn. »Wir sind hier, um Ihnen zu helfen.«

Am nächsten Morgen gingen sie zur Ginza. Jeder trug eine kleine Laserpistole in seiner Tasche, die sie aus dem Raumschiff gestohlen hatten. Der alte Mann hatte sich einen einfachen Geschäftsanzug angezogen, um nicht aufzufallen.

Menschenschlangen standen vor den Eingängen des einst chicsten Einkaufszentrums von Tokio. »Wir vier zusammen wirken zu verdächtig«, gab Sugihara zu bedenken. »Ich schlage vor, Sie und CB, ihr geht dort drüben in die Sushibar und wartet dort auf uns. Tomoko und ich wirken echter durch unser japanisches Äußeres und sind daher weniger auffällig.«

»In Ordnung«, meinte Matt. Er nahm CB an der Hand, und sie überquerten die Straße.

Vor der Sushibar hingen Fähnchen, auf die Gestalten gemalt waren. Die letzte hatte einen langen, wackelnden Schwanz. Matt wußte, daß dies das Symbol für *Sushi* war, eine Mischung von Reis und rohem Fisch, eine japanische Spezialität. Zu Hause hatten sie das oft gegessen.

Das Restaurant hatte zwei Eingänge, jeder war mit einem Stoffvorhang versehen. Auf dem linken stand:

Und auf dem rechten:

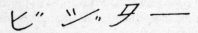

»Was soll das heißen?« fragte CB.

Matt zuckte die Achseln.

»Ich denke, beide führen hinein«, meinte er und ging auf die rechte Tür zu.

Zwei stämmige Männer versperrten ihm den Weg. Sie trugen Samuraikostüme aus dem 16. Jahrhundert, nur mit einem Unterschied: Auf ihren Uniformen war das Zeichen der Visitors abgebildet!

»Bijitaa dake!« herrschte sie der eine von ihnen an, als ob er sagen wollte: »Könnt ihr nicht lesen, ihr ungebildeten Idioten?«

Matt verbeugte sich, so wie er es in den Samuraifilmen gesehen hatte, und ging auf den anderen Eingang zu.

Tomoko ging auf die Schlange zu. Ein Teil des Bürgersteigs war mit Posten abgesperrt, um die Schlange unter Kontrolle zu halten. Samurais mit grimmigen Gesichtern und dem Visitorzeichen patrouillierten auf und ab, die Hände auf ihren Schwertgriffen. Jeder hatte einen glasigen Blick, der, wie Tomoko wußte, ein Resultat absoluter Konvertierung war.

»Sie da!« schrie einer von ihnen sie an. »Gehen Sie aus dem Weg!«

»Ich wollte nur…«

»Sind Sie hier, um einen ehrenhaften Tod zu suchen, oder nur, um zu glotzen?« brüllte der Samurai.

»Sie schaut nur«, beschwichtigte Sugihara aus Angst, ihr untypisches Japanisch könnte sie verraten.

»In Ordnung.« Und der Samurai wandte sich einem anderen zu, den er anschnauzte.

»Was ist denn hier los?« flüsterte Tomoko.

»Die entsetzliche Pervertierung des *bushido*«, erklärte Sugihara, »Sie setzen ZEN ein, der ihrem eigenen verbotenen *Preta-na-ma*-Glauben so nahe ist, und verfälschen ihn ganz furchtbar! Warum tun sie das? Eure Welt ist voll von... vom Sterben und Sich-verkrüppeln-Lassen im Namen Gottes.«

»Meine Welt?« fragte Tomoko. »Aber sind Sie...«

»Ich meine nur die Welt eurer westlichen Zivilisation«, beruhigte Sugihara ihren plötzlich aufsteigenden Verdacht.

Plötzlich drängte die Menge nach vorn. Sie beeilten sich hineinzukommen! *Es ist wie beim Kinobesuch am Freitagabend!* dachte Tomoko. *Nur daß sie zum Sterben gehen.* Der Gedanke traf sie hart. Was taten sie ihren Leuten an? Sie parodierten auf gräßlichste Weise ihren Lebensstil. »Ich kann nicht mehr zusehen. Was wird mit ihnen geschehen?«

»Ich denke... ich denke, es ist ein Schlachthaus«, sagte Sugihara.

»Lassen Sie uns hier weggehen! Ich halte es nicht mehr aus! Wir müssen Matt und den Jungen finden, und dann trennen wir uns!«

Ein riesiges *Shoji*gemälde trennte die beiden Teile der Sushibar. Matt konnte nicht sehen, was in der anderen Hälfte des Restaurants los war, das mit dem *Bijitaa*-Eingang.

Es gab keine Tische. Etwas befangen bahnten sich CB und er ihren Weg durch die Bar und setzten sich direkt an die Sushibar. Ein Koch zerschnitt lustlos große Stücke eines rohen Thunfisches.

»*Irasshai, irrashai*«, meinte er.

»Was?« fragte Matt.

»*Eeto! Igirisu wa hanasu koto ga dekinai no! O-kyaku-sama wa nani o...*«

»Entschuldigen Sie bitte, aber ich habe keine Ahnung, wovon Sie reden! Bitte geben Sie uns etwas davon.« Er zeigte auf den Thunfisch. »Schon mal rohen Fisch gegessen?« fragte er CB, als er vor ihnen auf dem Teller lag.

»Na klar.« Aber begeistert sah CB nicht aus. »In Ordnung. Ist doch hier normal.« Er aß ein großes Stück. »Völlig normal«, wiederholte er noch mal, schlürfte seinen grünen Tee und sah etwas verstimmt aus.

Die Hände in die Hüften gestemmt, schaute der Koch den Jungen lange an.

»Wirklich gutes Essen haben Sie hier«, schluckte CB. Plötzlich hörten sie ein vertrautes elektronisches *Ping!* »Radikal!« rief CB. »Hier gibt's ›Galaga‹!« Er lief zum anderen Ende der Bar und begann zu spielen, froh, den restlichen rohen Fisch auf seinem Teller lassen zu können. Matt schaute eine Weile auf seinen Teller (gierig hatte er sein eigenes Essen verschlungen) und aß dann das des Jungen auch noch auf. Er hörte Beifallsgeräusche aus der Ecke, in der CB das Videospiel spielte. Und er hörte, wie der Junge seine Tricks erklärte und jemand ihn übersetzte. Es ist doch eine universale Sprache, dachte er seufzend.

Plötzlich hörte man einen entsetzlichen Schrei.

Er kam aus dem anderen Teil des Restaurants. Es klang verzerrt, gequält und unmißverständlich menschlich. »Mein Gott«, stöhnte Matt. »Was ist das nur?«

Eisiges Schweigen herrschte in der Sushibar.

Nur das Ping! Ping! des Videogeräts und das gelegentliche Woosh der elektronischen Laser war zu hören.

Wieder ein Schrei…

»Was ist denn los, warum sagt keiner etwas?«

Der Sushikoch schaute auf seine Füße. Die anderen Besucher schauten einander nicht an. Und der Schrei hörte nicht mehr auf. CB rannte schutzsuchend zu Matt. »Was *ist* dort los? Warum quälen sie die Menschen?«

»Bijitaa sushi-baa da«, erklärte einer der Gäste.

»Eine Visitor-Sushibar? Was meinen Sie damit… ich verstehe nicht… O Gott, jetzt weiß ich es.«

»Sie fressen…«, sagte CB fassungslos.

»Beinahe wären wir da reingegangen!« flüsterte Matt.

»Laß uns hier abhauen.«

»Wir haben versprochen zu warten, bis…«

»Wenn wir nicht so schnell wie möglich von hier verschwinden, werden wir tot sein, Matt. Also los, komm schon!« Und er begann Matt von der Bar wegzuziehen.

»Aber ich muß doch erst mal zahlen«, meinte Matt und versuchte so, seine Angst mit Alltäglichkeiten zu kaschieren. Er legte eine Banknote auf die Theke (das Institut hatte große Mengen an

Bargeld in seinem Safe, und sie hatten sich reichlich bedient), und beide gingen zur Tür. Das Stöhnen hatte nicht aufgehört…

In der Tür trafen sie auf Tomoko und Sugihara.

Tomoko erzählte: »Es ist so grauenhaft! Wie Vieh stehen sie in der Schlange, sie töten sie…« Sie unterbrach sich. Ein heftiges Wimmern erfüllte die Stille: unverkennbar menschlich.

Matt schaute seine drei Begleiter an: Tomoko unterdrückte einen Schrei; CB war kreidebleich vor Entsetzen; Sugiharas Gesichtsausdruck jedoch war sanft, und seine Augen waren geschlossen, er schien fern zu sein in einer transzendenten ZEN-Welt, die für Matt unerreichbar schien.

»CB hat recht. Wir müssen hier sofort weg. Und es ist mir unerträglich, das hier noch länger anhören zu müssen.« Sie verließen die Sushibar. Draußen im strahlenden Sonnenlicht hörte man die Schreie nur noch gedämpft; es klang immer unwahrscheinlicher. Jetzt verstand Matt auch, warum sich so viele seiner Landsleute weigerten, daran zu glauben, daß die Absichten der Visitors bösartig waren. Es war so viel einfacher, an die Lügen zu glauben. Lügen, Lügen, nichts als Lügen. Sie kreisen dich ein, tricksen dich aus, und bald bist du gar nichts mehr – nur ein Stück rohes Fleisch auf ihrem Eßtisch.

Sugihara meinte: »Seien Sie nicht wütend, Matt Jones. Denken Sie an…«

»…Rache«, erwiderte Matt.

»…die anderen Kampfsportmeister, die in dieser Hölle hier irgendwo gefangengehalten werden.«

»Wir müssen in dieses Schlachthaus gelangen«, schlug Tomoko vor. »Und die einzige Möglichkeit, dort hineinzukommen, ist, daß ich mich in der Schlange hinten anstelle.« Sie deutete dorthin. Und jetzt sah es Matt: die Menschenschlange vor dem Geschäftshaus, die Absperrung, die Wachen, die grimmig auf und ab gingen.

»Du kannst dich da nicht anschließen«, sagte er entsetzt.

»Natürlich kann ich das. Schließlich war ich immer im Matsuzakaya einkaufen, bevor sie… *das* daraus gemacht haben. Sie haben jeden einer Gehirnwäsche unterzogen, also glauben sie nicht an Sabotage oder Spione. Allerdings gibt es noch eine andere Möglichkeit, dort hineinzugelangen: das unterste Stockwerk führt gleich zur U-Bahn. Ich werde hineingehen, etwas herumspionieren und treffe euch dann vor dem U-Bahneingang um... Mitternacht.«

»*Ich* sollte gehen«, meinte Matt.

»Nein! Du sprichst kein Japanisch. Und selbst wenn es dir gelingen sollte, etwas auszuspionieren, so verstehst du nicht, was sie sagen.«

»Ich werde sie begleiten«, bestimmte Sugihara. »Falls es zum Kampf kommen sollte, werde ich ihr helfen können. Und Sie, Matt, ziehen besser Ihre Visitoruniform an; vielleicht wird es dann leichter für Sie, sich unbemerkt umzusehen. Und CB ist Ihr Gefangener oder etwas Ähnliches. Bis nachher.«

Der alte Mann und Tomoko gingen über die Straße und stellten sich am Ende der Schlange an, die in das Haus des Todes drängte. Plötzlich sagte Matt zu CB: »Der alte Mann hat ja gar nicht sein Schwert dabei! Und Tomoko...«

»Sei unbesorgt, Matt. Sie haben doch beide zwei kleine Laserpistolen unter ihrer Kleidung versteckt... erinnerst du dich?«

»Ja. Richtig.«

»Und jetzt laß uns irgendwo hingehen, wo du ihre Uniform anziehen kannst.« Matt trug sie in einer Tasche, die über seiner Schulter hing.

An einem Ende der Ginza war ein McDonalds. Das einzige Untypische darin war die Toilette, in der sich Matt umzog. Es war eine, auf die man sich hocken mußte, absolut unamerikanisch! Obwohl der Junge, wie immer, begeistert war.

Als sie herauskamen, machten ihnen die Leute unwillkürlich Platz, verneigten sich und schauten verstohlen weg. »Ich vermute, diese Uniform bringt einige Vorteile mit sich«, bemerkte Matt. »Also, gehen wir.«

»Oh, Matt, bitte...«

»Was gibt's denn noch?«

»Hör mal, ich komme um vor Hunger, und hier, weißt du, ist der einzige Platz, wo ich nicht mit rohem Fisch vergiftet werde oder so was Ähnlichem, so, was meinst du, wenn...«

Die Kellnerin an der Theke warf Matt nur einen Blick zu. Sie brauchten nicht zu bezahlen.

Kapitel 15

Die Menschenschlange bewegte sich schnell vorwärts. Als ob die Menschen ihren Tod nicht erwarten konnten.

Schon bald befanden sich Sugihara und Tomoko in der Eingangshalle des früheren Kaufhauses. Nur wenige Schaufensterpuppen trugen Hanae-Mori-Schultertücher und kunstvolle Perücken, die meisten Regale waren leer. Eine Wache befahl: »Männer nach links, Frauen zum Entkleiden nach rechts.«

Verzweifelt schaute Tomoko Sugihara an.

Sanft sagte der alte Mann: »Wir haben gelobt, gemeinsam zu sterben. Sehen Sie, unser Tod ist ein doppelter Suizid; wir haben beide Ehebruch begangen; oh, diese Schande. Verstehen Sie?«

Einen Augenblick überlegte die Wache, dann meinte er: »In Ordnung. Ihr könnt zusammen hineingehen. Diesen Gang dort hinunter.«

Ein Korridor, ein Treppenaufgang... die Menge stieß sie vorwärts. In jedem Stockwerk waren Türen, vor denen ein konvertierter Samurai Posten stand, mit steifer Körperhaltung und strenger Disziplin.

»In Ordnung, jetzt lassen Sie uns ein Ablenkungsmanöver starten«, flüsterte Sugihara, als sie das vierte oder fünfte Stockwerk erreicht hatten.

Tomoko fiel nichts ein. Plötzlich ging ihr etwas durch den Sinn... ohne zu überlegen, klopfte sie auf ihren Bauch und begann zu rufen: »Ich komme gleich nieder...« Keiner wird es glauben, wir sind verloren, dachte sie. Die Menge strömte weiter, erpicht auf ihren Opfertod. Sie fuhr fort zu wimmern und zu qieken. Eine Wache kam die Treppe heruntergerannt.

»Bitte helfen Sie dieser Frau«, bat ihn Sugihara. »Sie sollte ihrem Tod mit innerer Gelassenheit gegenübertreten...«

Die Wache half ihr einen Treppenabsatz hinauf. Und rief nach Verstärkung. Sobald sich die Tür öffnete, stellte Sugihara seinen Fuß hinein, zog seine Laserpistole heraus und erschoß die beiden Wachen. Dann zog er Tomoko hinter sich her.

»Beeilung«, rief er. »Sie werden es bald merken.«

Sie schaute sich um. Dunkelheit, völlige Dunkelheit... und tödliche Kälte. Es roch medizinisch...

Nein! Jetzt wußte sie, in was für einem Raum sie sich befanden. Es war der gleiche wie während ihrer Gefangenschaft damals an Bord des Mutterschiffes.

Menschen hingen in ordentlichen Reihen von der Decke, jeder nackt in einem schleimigen Plastiksack. Reihen über Reihen. Manche waren in der Sprache der Visitors beschriftet. Anderen... anderen fehlten Körperteile.

»Schnell!« Sie hörten Schritte. Sugihara meinte: »Wir müssen tiefer in den Raum hineingehen.«

Sie konnte kaum atmen bei diesem Gestank nach Fleisch und Chemikalien. Sie duckte sich unter einer Körperreihe... waren sie tot, oder lebten sie noch? Sie wußte es nicht. Am Ende der Gänge standen Einmachgläser, in denen eine Art eingemachte Augen lagen. Schnell schaute sie weg.

Die Schritte kamen immer näher; jetzt konnte man die hallende, metallische Sprache der Saurier hören, unverständlich. Sie versteckten sich hinter dem Körper eines besonders fetten Mannes. Die Schritte waren jetzt ganz nah. Lichtstrahlen durchzuckten die Gänge.

»Holen Sie Ihre Laserpistole heraus«, flüsterte Sugihara ihr zu.

Licht blendete ihre Augen! Sie feuerte! Der grelle Blitz eines blauen Laserfeuerschusses durchzuckte die Dunkelheit, sie sah schuppige Fleischstücke durch die Luft fliegen, hörte Schmerzensschreie... »Sie sind noch nicht einmal mehr als Menschen verkleidet«, meinte Sugihara erstaunt, »sie laufen in ihrer natürlichen Gestalt hier herum.«

»Da kommen noch mehr.«

Gerade noch rechtzeitig versteckten sie sich. Licht durchflutete den Raum... menschliche Körperteile wurden angestrahlt... Laserstrahlen schossen durch Fleisch und Plastik... »Schauen Sie dort«, meinte sie plötzlich, »ein Spalt in der Wand...«

»Ein Durchgang?«

Sie schlüpften hinein. Früher war das ein Lagerraum oder so etwas Ähnliches gewesen; Regale waren an den Wänden. Ein schwaches Licht schimmerte... aus einem Gang am anderen Ende.

Sie hörten Geräusche aus der menschlichen Fleischkammer: mehr Schüsse, mehr Geräusche, als ob man die menschlichen Körper aus ihren Hüllen zerren würde...

»Sie werden uns finden!« flüsterte sie. »Lassen Sie uns den Gang hinuntergehen – es gibt keinen anderen Weg.«

Der Gang war lang, verzweigte sich, und es gab viele Türen. Sie erinnerte sich, wie es früher gewesen war, hier einzukaufen… im obersten Stockwerk hatte es – wie in jedem japanischen Kaufhaus – einen ganzen Miniaturvergnügungspark mit Karussell, Minigolfplatz und so weiter gegeben. Bevor sie in das Ainudorf aufgebrochen war, hatte sie hier viel Zeit verbracht. Und da – war das nicht die Porzellanabteilung gewesen? Sie spähte hinein. In der Dunkelheit konnte sie nur weitere menschliche Leichen erkennen, wahllos aufgestapelt. Schnell ging sie weiter.

Zum Schluß endete der Gang an einer offenen Tür.

»Was glauben Sie, kommt jetzt?« fragte sie.

Sie gingen hindurch.

Sie standen vor einem riesigen *Shoji*wandgemälde, wie es in den traditionellen Häusern üblich war. Von der anderen Seite war es gut beleuchtet; Schatten bewegten sich darauf.

Sie hörten Stimmen… *es wurde ein Japanisch gesprochen, wie man es nur noch in historischen Filmen sprach; Tomoko konnte nicht alles verstehen. Es waren zwei Stimmen: ein Mann und eine Frau. Die weibliche klang hoch, unangenehm und spöttisch; die männliche unterwürfig, schreckerfüllt.*

»*Machen Sie ein Loch in den Shoji*«, schlug Sugihara vor.

»Was?«

»Keiner wird es merken.« Er stieß seinen Fingernagel in das Gemälde, bis ein kleines Loch entstanden war. Sie machte es genauso. Sie schaute durch die winzige Öffnung…

Und wich erschrocken zurück!

Denn auf einem Podest am äußersten Ende des mit Ornamenten versehenen Zimmers saß in dem Prunk einer antiken japanischen Hofdame… ein Reptil! Nur einmal vorher hatte sie so ein Wesen schon gesehen… als Fieh Chan in dem zerschmetterten Raumschiff seine Verkleidung abgelegt hatte. Sie wurde traurig. Denn sie erinnerte sich daran, daß ihr dieser Anblick nicht nur Schrecken bereitet hatte; vor allem hatte sie seine Schönheit bewundert…

Sie lauschte den Worten der Frau.

»Das ist Murasàki!« flüsterte Sugihara. »Die Zweithöchste im Kommando nach Fieh Chan!«

»Wie können Sie sie auseinanderhalten?« fragte sie verwundert.

»Glauben Sie mir!«

Sie hörte zu...

»Mir ist zu Ohren gekommen«, sagte Lady Murasaki gerade zu Ogawa, »daß das Projekt mit den Kampfsportmeistern nicht wie geplant verläuft... daß du im amerikanischen Sektor mehrere Entführungsversuche vermasselt hast! Und... ein Visitorshuttle ist in der Umgebung von Tokio gefunden worden! Was hast du zu diesen Beschuldigungen vorzubringen?«

»Meine Dame... ich bin so beschämt«, winselte Ogawa und hoffte, daß er nicht noch einmal gezwungen würde, Lady Murasakis blutigem Festschmaus zusehen zu müssen.

»Kannst du dir vorstellen, was diese Verluste zu bedeuten haben? Bis die Mutterschiffe zurückgekehrt sind, müssen wir schonend mit unseren Vorräten umgehen.«

»Es tut mir leid, meine Dame.«

»Es wird dir mehr als leid tun, Narr! Ich bin mir sicher, daß sich dein häßlicher Kopf wesentlich besser als Zierde eines meiner Festessen ausmachen würde als auf deinem obszönen, gräßlichen Körper.«

»Meine Dame, es wäre eine... Ehre... für mich, in Ihren Diensten sterben zu dürfen...«

»Das ist das Problem mit euch konvertierten Kreaturen. Ihr eignet euch nicht für ein gutes Streitgespräch.« Lady Murasaki erhob sich, ihre lange Zunge schoß heraus und peitschte Ogawas Wange. Ein Spritzer Gift auf seiner Haut... er spürte, wie es brannte.

Irgendwo im Raum war plötzlich ein kurzes Keuchen zu hören. »Was war das?« rief Murasaki. »Hat es jemand gewagt, unsere Sicherheitsmaßnahmen zu durchbrechen?«

»Meine Dame, das ist unmöglich«, erwiderte Ogawa, der sich vor Schmerzen die Wange hielt und verzweifelt nach einer Erklärung suchte... obwohl es sich ganz so angehört hatte, als ob jemand hinter dem Wandgemälde spionieren würde. »Vielleicht... ah, ja, natürlich, meine Dame... Zeit des Essenauftragens!«

»Ich vermute das auch«, meinte Murasaki, etwas besänftigt.

»Kann ich jetzt gehen und meine Wunden versorgen?« fragte Ogawa demütig.

»Das verbiete ich dir! Oh, mach dir keine Sorgen«, meinte das Reptil. »Jetzt wirst du noch nicht sterben. Ich werde mich in das geheime Versteck ins Osaka-Schloß zurückziehen. Dort treffe ich Wu Piao und die anderen. Dort werden wir deine Arbeit in Augenschein nehmen – und wir werden sicherlich herausfinden, ob das Projekt mit den Kampfsportmeistern so vonstatten gegangen ist, wie du behauptest. Die Dosis, die ich dir verpaßt habe, wird dich ca. noch eine Woche am Leben erhalten. Regiere Tokio gut während meiner Abwesenheit, dann gewähre ich dir eine Dosis Antitoxin. Versagst du... erwartet dich die Festtafel!«

»Alles wird mir zur Ehre gereichen«, antwortete Ogawa mit tief empfundener Aufrichtigkeit.

Sein Reptilienmeister erhob sich und verließ den Raum.

»Und jetzt?« fragte Tomoko.

»Wir werden besser gehen. Sie wissen, wo sich der Tiefgeschoßausgang befindet, richtig?«

»Ja... er *war* bei der Süßigkeitenabteilung im untersten Geschoß, aber wer weiß...«

»Dieser Mann – Ogawa – geht gerade. Es gibt nur die eine Möglichkeit, wie wir...«

Sugihara sprang durch den *Shoji* und griff sich den japanischen Minister von hinten. »Den Laser!« krächzte er keuchend. Tomoko gehorchte instinktiv, zog ihre Waffe heraus und hielt sie Ogawa gegen die Brust.

»Wenn Sie schreien...«, warnte ihn Sugihara. Und er machte eine genickbrechende Bewegung.

»Führen Sie uns hier hinaus. Sofort«, befahl Tomoko.

»Aber – aber...«

»Stehen Sie aufrecht«, riet ihm Sugihara. »Wie ein korrekter Regierungsbeamter. Und schauen Sie nicht so ängstlich um sich. Haben Sie denn *alle* Würde verloren?«

Ogawas Augen weiteten sich. »Sie – Sie...«

»Ach, Sie kennen mich«, sagte Sugihara. Tomoko wunderte sich, was er wohl damit meinte. »Gut. Und jetzt führen Sie uns ins Tiefgeschoß. Sofort.«

»Ja.«

Tomoko schritt neben ihm. Und Sugihara dicht hinter ihm, und seine Waffe stieß durch Ogawas Jacke. So verließen sie das Zimmer. Wachen gingen an ihnen vorbei; normal schauten sie die drei an. Schließlich erreichten sie einen Fahrstuhl.

Sie stiegen hinein. Sugihara ließ Ogawa nicht aus den Augen und zielte weiter mit seiner Laserpistole auf ihn.

Tomoko spürte den Fall des Fahrstuhls, tiefer, tiefer...

»Das Tiefgeschoß ist stillgelegt«, erklärte Ogawa. »Möglicherweise können Sie dennoch entkommen. Aber bitte... bitte lassen Sie mich aus dem Spiel... so daß ich den Meistern dienen kann, wie es sich gehört... oder ich muß mich töten!«

»Ich habe nicht vor, Sie zu töten«, meinte Sugihara. »Einst waren Sie ein integerer Mann – ein fähiger Politiker, ein Kunstkenner, großzügig, warmherzig. Und schauen Sie sich jetzt an!« Seinen Worten folgend, wurde Tomoko bewußt, wie wenig sie diesen mysteriösen alten Mann überhaupt kannte, der damals in Haataja auf dem Marktplatz aufgetaucht war.

Der Fahrstuhl erreichte das Tiefgeschoß. »Dann schlagen Sie mich wenigstens nieder«, bettelte Ogawa. »Dann denken sie nicht...«

»Oh, sehr gern.« Sugihara benutzte noch nicht einmal seine Waffe, mit bloßer Hand fand er die richtige Arterie in Ogawas Nacken, und nach einem schnellen Druck brach der Minister auf dem Boden des Fahrstuhls zusammen.

Dann liefen sie hinaus.

Sie hörten noch das Geräusch des Fahrstuhls, der sich wieder nach oben bewegte.

Gedämpftes Licht. Die Verkaufsbuden und Stände waren mit Plastik zugedeckt. »Sie haben früher hier immer eingekauft«, sagte Sugihara. »Also kennen Sie den Weg.«

Tomoko sah sich um. »Hier entlang.« Sie bahnten sich einen Weg durch Gänge, die mit Kisten und Plastik vollgestopft waren. Dort war früher eine Treppe zur U-Bahn gewesen... da.

Sie liefen hin. Die rostige Metalltür öffnete sich quietschend.

In diesem Moment hörten sie Schüsse. Laserblitze schossen durch die Dunkelheit. »Schnell!« Sie hörten das Getrampel von Füßen... dann wie Menschen im Halbdunkel über die Kisten und Kartons stolperten.

»Bloß raus hier. Wir müssen die Tür schließen«, rief Tomoko.

Beide zogen mit aller Kraft. Die Tür ging nicht ganz zu... eine

Kette hatte sich gelöst. Mit der Hitze seiner Laserwaffe schweißte Sugihara die Kette über der Tür mit dem Haken des Türscharniers wieder zusammen. Sie kamen immer näher...

Tomoko schrie auf, als ein Lichtblitz ein Loch in die Metalltür schoß und fast ihre Wange traf... sie liefen einen Tunnel hinunter, liefen und liefen. Sie wußte, daß der Tunnel in die alte Ginza-Untergrundstation führte... wie spät war es? Ihre Uhr zeigte 11.52. Würden Matt und CB am Ende der Treppe auf sie warten?

Sie rannten. Oben hörten sie es hämmern... dann das Geräusch eines Bohrers...

Ihre Schritte hallten in der knappen, dicken Luft.

Kapitel 16

Seit einer Stunde warteten sie. Die Ginza-Untergrundstation war das reinste Labyrinth. Nachdem er einige U-Bahnpassanten aufgehalten und mit seiner Visitoruniform eingeschüchtert und nach jemandem gefragt hatte, der Englisch sprach, fand Matt schließlich jemanden, der sie durch das Labyrinth führte... es schien endlos. Es erinnerte ihn an die alten Filme über die Kasbah in Algier, mit ihrem Netzwerk winziger Gassen. Es gab viele Schaufenster, die meisten waren jedoch leer... der Eingang zum Tiefgeschoß in das Kaufhaus Matsuzakaya lag in einer Nische am Ende eines langen Tunnels, weit weg vom U-Bahnsteig.

Matt hatte sich von ihrem Führer verabschiedet. Die Rolle eines Echsen-Eroberers zu spielen war ungemein verführerisch, dachte er. Kein Wunder, daß es so viele Kollaborateure gab.

»Wie spät ist es?« fragte CB.

»Uh... noch zehn Minuten bis Mitternacht...«

»Schau mal! Da kommen sie!«

Jetzt hörten sie Schritte auf der Treppe. Ein Gitter blockierte die Eingangstür. Matt konnte Tomoko und Sugihara als schemenhafte Gestalten dort oben laufen sehen. Dann hörte er das Geräusch eines Bohrers. *Wie kriegen wir dieses Ding bloß auf?* überlegte er. Er faßte in das Gitter hinein. Keine Kontrollkästen, keine Schalter. Die Gitterstäbe waren jedoch nicht rostig; sicherlich war es ein geheimer Eingang, den die Reptilien oft benutzten.

Was konnte ein Reptil, was ein Mensch nicht konnte? Natürlich – sie hatten diese langen, gegabelten, hin- und herschnellenden Zungen... etwas, das ein Visitor mit seiner Zunge erreichen konnte... er schaute hinauf... da war es, an der niedrigen Decke des Tunnels... ein Kontrollkasten mit mehreren schwach schimmernden Knöpfen und Schaltern. Er streckte sich, aber er konnte ihn nicht erreichen. »Wenn ich mich wenigstens durch das Gitter zwängen könnte«, meinte er nachdenklich.

»Ich bin schmal genug.«

»Ja. Aber du bist nicht groß genug. Komm, stell dich auf meine Schultern.«

Er kniete nieder; CB sprang hinauf mit der Leichtigkeit, die er sich während des monatelangen Trainings erworben hatte. Er klemmte seine Füße am Gitter fest. Er stand jetzt ziemlich wackelig. Tomoko hatte die Hälfte der Treppen geschafft, als sie hörten, wie oben die Tür aufgebrochen wurde. Schon hallten Schritte.

»Ich komme nicht ran!«

»Benutz deine Laserpistole!«

Der Junge hing jetzt an einem Arm, und Matt hielt ihn an den Beinen fest. CB zog seine Laserpistole und schoß. Fast traf er die Knöpfe... nicht ganz, nicht ganz... »Sie sind in der Außerirdischensprache beschriftet!« rief er runter. »Was soll ich tun?«

»Versuch nur, einen zu treffen!« brüllte Matt. Fast verlor er den Halt, als der Junge sich nach vorne schwang und mit seiner Laserwaffe auf den Kontrollkasten zielte und...

Eine zweite Eisentür krachte von der Decke herunter und schloß Tomoko und Sugihara noch mehr ein! Blaue Feuerstöße schossen durch die Luft! Matt hörte Tomoko schreien, während CB wieder mit seiner Laserpistole zielte, diesmal auf einen anderen Knopf...

Die zweite Tür rollte wieder hoch...

Jetzt kam Tomoko die letzten Stufen herunter... Matt sah, daß Sugihara in ein Handgemenge mit einem Visitor verwickelt war... der keine menschliche Maske mehr trug – ein Alien-Ninja! Mit einer einzigen Handbewegung schlug Sugihara den Alien nieder, der die Stufen hinunterkrachte und vor Matts Füßen zu zischen begann.

Mehr von ihnen stürzten die Treppe herunter. Er sah, wie Sugihara sich drehte und herumwirbelte und Tomoko jetzt mit dem Rücken an dem Gitter stand und so gut sie konnte schoß, während CB weiterhin auf den Kontrollkasten zielte... jetzt kamen die Alien-Ninjas immer näher, plötzlich traf CB einen anderen Knopf und...

Das Eisengitter rollte hinauf in die Decke! »Spring!« schrie Matt CB zu. Er wirbelte herum und stand genau einem Ninja gegenüber, dem er sofort in die Brust schoß.

CB war gerade rechtzeitig losgesprungen... als das Gitter in der Decke verschwand, landete er direkt auf einem Ninja, der überrascht umfiel...

»Jetzt sind wir wieder alle zusammen. Nichts wie weg!« brüllte Matt. CB kletterte unter dem Ninja hervor, auf seinem T-Shirt hatte er Flecken vom Todeskampf des Ninjas.

Sie liefen los. Aber vorher hatte Matt noch einige Male auf den Kontrollkasten geschossen, der zu brennen begann. An drei oder vier Punkten des Treppenhaustunnels fielen Gitter herunter. Er sah einen Ninja, der fruchtlos mit seiner Zunge versuchte, das Gitter wieder zu öffnen... sich verbrannte und einen metallisch klingenden Wutschrei losließ.

Sie rannten!

»Es ist sinnlos«, hörte er Tomoko sagen. »Wir haben höchstens fünf Minuten Zeit gewonnen!«

Er keuchte. »Gib nicht auf.«

Sie liefen viele Gänge entlang. Schon bald hörten sie wieder die Schritte der Aliens. »Wir sind verloren!« meinte CB.

»Nein. Wartet.«

Fußtritte hallten und hallten wider. Irgendwo das Summen einer vorbeifahrenden U-Bahn. »Hier entlang.« Und Matt begann in die Richtung zu gehen, aus der er den Zug gehört hatte.

Die vier schlichen behutsam an den Wänden entlang, bis sie auf einen langen U-Bahnsteig stießen. Japanische Zeichen deuteten verschiedene Richtungen an. Weit entfernt hörte man einen Zug. Ein Licht weit hinten im Tunnel. Kam es auf sie zu?

Sie hatten keine Zeit zu überlegen. Matt schaute zurück in den Tunnel...

Alien-Ninjas kamen aus den Gängen. Tomoko schrie: »Paß auf, Matt!« und feuerte. Ein schwarzgekleideter Alien fiel ihm vor die

Füße. Er hatte sich hinter Matt verkrochen. Er krümmte sich jedoch nicht wie die anderen vor Schmerzen, nachdem ihre Druckhaut zerstört war. Es war ein Mensch, ein Kollaborateur, ein Konvertierter.

Aber Matt hatte nicht die Zeit, darüber weiter nachzudenken. Sie waren umzingelt! Und CB war verwundet! Er rannte zu ihm, um ihn zu schützen. Die heranspringenden Angreifer schlug er mit einem Schwall von Fausthieben und Überschlägen nieder. Sugihara stand erhaben da, heiter und ruhig. Mit absoluter Präzision erschoß er die angreifenden Ninjas. Tomoko hatte sich hinter ihn geduckt und tauchte ab und zu auf, um zu schießen.

»Mein Laser ist leer«, rief Tomoko. »Dieses Ding taugt nichts mehr!« Und sie schmiß die Pistole weg. Sie prallte auf die U-Bahn-schienen und versprühte elektrische Funken.

In diesem Moment fuhr der Zug ein, die Türen öffneten sich.

»Los, rein! Es ist unsere einzige Chance!« befahl Matt.

Den Jungen hochhebend und ihn in seinen Armen wiegend, rannte er auf den ersten offenen Wagen zu. Sugihara und Tomoko folgten seinem Beispiel. Eine Salve von Laserblitzen ... ein Fenster begann wie Butter zu schmelzen.

Jetzt fuhren sie los. Aber als er durch das Fenster zum nächsten Wagen schaute, sah er, daß dieser voller Aliens war. Es war also noch nicht ausgestanden. Fest umklammerte er den Jungen. CB blutete heftig, aber er schien nur einen Streifschuß abbekommen zu haben, und wenn die Wunde bald behandelt würde, wäre alles halb so schlimm ... er ging mit ihm auf den Armen zum nächsten Wagen ... sie rissen die Tür auf und traten ein. Ein einziger Ninja wartete auf sie. Sugihara erledigte ihn mit einem Schuß.

»Das war der letzte Schuß«, erklärte er.

Er schmiß die Waffe weg.

»Da kommen sie!« Der Zug donnerte durch eine Station. »Warum hält er nicht?« rief Matt. »Das ist hier kein normaler Zug!«

»Das fürchte ich auch«, jammerte Sugihara. »Diese Dinger haben keine Fahrer. Sie werden von einem zentralen Terminal aus gesteuert. Sie finden uns überall.«

»O mein Gott«, stöhnte Tomoko.

»Also dann kommt. Wir müssen versuchen, bis ganz nach vorne

durchzudringen. Vielleicht gibt es eine Steuerung, die einer von uns in den Griff kriegt«, schlug Matt vor.

Sie stürmten weiter nach vorne. Die Aliens folgten. Matt gab seine und CBs Laserpistole – die einzigen, die noch funktionierten – an Tomoko und Sugihara weiter. Die beiden sollten die Verfolger in Schach halten, während Matt, der CB immer noch trug, weiterging. Im vorderen Teil des Zuges in einer Glaskabine gab es eine Konsole und...

CB starrte sie an. »Laß mich das näher anschauen«, flüsterte er, kaum hörbar.

»Halt dich ruhig, Junge.«

»Nein, laß es mich sehen. Wenn ich ›Galaga‹ besiegen kann, dann schaffe ich auch den Low-IQ-Computer eines U-Bahnzuges.«

Matt schlug das Glas kaputt. CB kletterte in das Führerhaus. Er zog ein Videospiel aus seiner Tasche und begann, eine der Schalttafeln mit seinem unverletzten Arm loszuschrauben.

»Genau, wie ich gedacht hatte!« Matt konnte ihn kaum verstehen. »Schau mal hier!« Er deutete auf eine grüne Tafel, die die Nummer eines Mikrochips anzeigte.

»Alles in Ordnung, CB?« fragte jetzt Tomoko.

Die Ninjas waren nur noch einen Wagen entfernt.

»Tomoko und ich erwarten sie an der Tür«, schlug Sugihara vor. »Und Sie, Matt, decken den Jungen.«

Matt schaute nach vorn. Auf jeder Seite sah man jetzt lange Reihen von Lichtern. In einiger Entfernung verzweigten sie sich. »Dort kommt eine Gabelung.«

»So machen wir es«, murmelte CB vor sich hin. Er zog die Mikrochips aus ihrer Fassung. Dann riß er die ganze Tafel heraus und schmiß sie zur Seite.

»Brauchst du Hilfe?« fragte Matt, obwohl er keine Ahnung hatte, was CB eigentlich machte.

»Hölle, jetzt lege ich los.« Er setzte sich gerade hin und fing an, die japanische Beschriftung auf der Konsole zu studieren. »Ich wünschte, ich könnte dieses Zeug verstehen«, stöhnte er. Dann schloß er die Augen und murmelte. »Eene, meene, muh, und raus bist *du!*«

»Trennt uns los!« schrie Matt Sugihara zu. Einer schwarzen Gestalt war es gelungen, die Tür gewaltsam zu öffnen. Sugihara verpaßte ihr einen Schlag auf den Kopf. Noch jemand kam. Sie strömten und strömten immer näher. »Versucht, den Wagen abzutrennen!« schrie Matt wieder.

Tomoko begann auf die Schnappschlösser, mit denen die beiden Wagen verbunden waren, zu schießen... und Feuer brach zwischen den beiden Wagen aus, die Körper der Aliens fingen Feuer, und ihre Ninjakleidung explodierte in Flammenfontänen und stinkigen Dunstwolken.

»Jetzt werde ich loslegen«, erklärte CB. »Ich weiß zwar nicht, was passieren wird, aber –«

Und er fing an.

Sie bogen ab! Die Verbindung zwischen den Wagen riß entzwei... sie schossen nach rechts, ein Ninja fiel aus ihrem Zug, während der Rest des Zuges in der linken Gabelung verschwand...

»Was ist passiert?« fragte Tomoko erstaunt.

»Unser Junge scheint eine Computerkanone zu sein«, sagte Matt, nach Luft schnappend.

»Wenn du ›Galaga‹ einmal ausgetrickst hast, dann...«, wiederholte CB. Und in diesem Augenblick überfiel ihn die totale Erschöpfung, und er wurde ohnmächtig.

»Können Sie irgend etwas von diesem Zeug verstehen?« fragte Matt Sugihara.

»Laßt mich mal sehen...« Und der alte Mann stieg über die Scherben, die aus der Kontrollkonsole herausgebrochen waren. »Ah, ja. Die Bremsen. Das könnte hilfreich sein.«

»Unser Abenteuer ist noch nicht ausgestanden«, erinnerte sie Tomoko. »Das anthropologische Institut befindet sich in der Nähe der Meguro Station; aber diese U-Bahnlinie führt uns nicht dahin, wir müssen in Shibuya umsteigen in die Yamanote-Linie... und wir können den Wagen auch nicht manipulieren; die Linien sind nicht miteinander verbunden, sie haben verschiedene Gleise oder so etwas.«

»Ist das Shibuya vor uns?« wollte Matt wissen. Es war so. Sugihara bremste, und Matt konnte jetzt deutlich das Schild erkennen, außerdem stand der Name der Station auch noch in Englisch unter den japanischen Schriftzeichen.

Quietschend hielten sie.

Dann gingen sie hoch zur Yamanote-Linie.

Ein Zug stand schon wartend am Bahnsteig.

»Zu spät«, rief Matt.

CB in seinen Armen fragte: »Sind wir jetzt da?«

»Ja, ein Wagen steht da, aber die Linie scheint schon dicht zu sein. Ich glaube, er parkt hier nur.«

»Laß mich rein!« rief CB. »Wenn du eine Kontrolltafel gesehen hast, verstehst du sie alle.«

Mit Leichtigkeit zerlegte CB die Steuerung des Zuges. Als sie davonfuhren, beobachtete Sugihara zusätzlich die Konsole, und Tomoko begann CBs Wunde zu verbinden. Sie riß dazu ihre eigenen Kleidungsstücke in Fetzen.

»Das tut gut«, flüsterte CB.

»Ich hab' mir immer schon ein Kind gewünscht«, meinte sie, halb zu Matt, halb zu sich selbst.

»Meguro, hier kommen wir«, rief Sugihara.

CB sagte erleichtert: »Jetzt geht's mir schon viel besser. Danke.«

Sie fuhren in die Station.

Dann stiegen sie aus dem Zug, gingen aus der verlassenen Station hinaus, kamen auf den Platz und begannen in Richtung auf das Institut loszugehen...

Aber... etwas stimmte nicht! Der Himmel blitzte rot und gelb auf. Und von dort, wo das Institut war, kam ein Schwall heißer Luft.

Wieder rannten sie.

Als sie die Allee erreichten...

Feuer! Die Häuser neben dem Institut, wie die meisten japanischen Häuser nur aus Holz und Papier gebaut, brannten; und das, was einmal das Institut gewesen war, lag schwelend in Schutt und Asche. Aus den Hochhäusern, die hinter dem Institut standen, leckten Feuerzungen. Männer und Frauen rannten verstört durcheinander, viele weinten. Es war dem Tag der Befreiung so ähnlich, dachte Tomoko... die wilden Menschenmengen, die überfüllten Straßen. Aber damals war es ein Freudentaumel gewesen, der die Menschen bewegt hatte... und jetzt...

Sie hielt einen Mann an. »Was ist passiert?« rief sie ihm zu.

»Ja, wissen Sie denn gar nichts? Sie suchten den *Gaijin*-Kampfsportmeister... sie behaupteten, daß er sich im Institut versteckt hätte... dann brannten sie es nieder... sie schlugen die Menschen nieder und fraßen sie in den Straßen...« Er rannte davon, ängstlich hatte er sich beim Anblick von Matts Uniform geduckt.

»Also wieder nichts mit meinem Schönheitsschlaf«, bemerkte Tomoko. Keiner lachte. Sie bahnten sich einen Weg durch die Menschenmenge bis zum Institut. Asche, nichts als Asche.

»Unsere Ausrüstung...«, seufzte Matt. »Und der Rest der Sachen, die wir aus dem Raumschiff gestohlen haben...«

Tomoko beobachtete, wie Sugihara in den Teil des Instituts schritt, der der Hauptraum des Erdgeschosses gewesen war. Knietief watete er in der Asche; sie war noch nicht mal ganz abgekühlt, denn ab und zu hörte sie ihn wimmern. Er beugte sich hinunter, zog etwas heraus – es sah aus wie ein zerbrochenes Stuhlbein oder so etwas Ähnliches – und begann damit, in der Asche zu graben. Endlich fand er das, wonach er gesucht hatte.

Es war ein Schwert.

Er hob es auf. Der Griff war verkohlt; aber die Klinge schimmerte rotgolden vor den brennenden Hochhäusern im Hintergrund. Er hielt es hoch, höher und höher, und es schimmerte glänzend wie ein Sonnenuntergang.

»Diese Bastarde«, flüsterte Matt und blickte bestürzt um sich. »Was haben sie mit Rod und Lex und Kunio gemacht? Wohin haben sie sie gebracht?«

»In das Schloß Osaka!« antwortete Sugihara.

»Warum?« wollte CB wissen. »Ich habe das Schloß einmal im Fernsehen gesehen – es ist ein berühmtes Bauwerk.«

»Irgend etwas geschieht da«, erzählte Tomoko. »Etwas Entsetzliches.«

Tomoko ging zu Matt und CB. Sie umarmte beide. Dieser kurze Augenblick; in dem sie sich ihrer gegenseitigen Liebe versicherten, war so wichtig für sie alle drei, denn ihre Situation war so hoffnungslos. Sie schienen in einer Falle zu sitzen...

Ruhig stand Sugihara da. Doch diese Ruhe täuschte; sie wußte, daß jeder Muskel seines Körpers angespannt war.

Plötzlich änderte er seine Haltung. »Dann werdet ihr auch nach Osaka fahren?« fragte er. »Ihr seid bereit... alles zu riskieren?«

»Ja«, sagte Matt fanatisch.

»Gut.« Sugihara betrachtete die drei mit einem Gesichtsausdruck, der die Milde eines Buddhas hatte. »In Ihnen gibt es viel Gutes, Matt Jones«, fuhr er fort. Tomoko bemerkte eine gewisse Sehnsucht in seiner Stimme, als würde er an etwas denken, das er nie erreichen könnte. »Sie haben eine wunderbare Frau und ein gutes Kind. Und ihr alle drei habt einfach euer Zuhause verlassen, um mir zu folgen, obwohl ihr mich gar nicht kennt und mir auch nicht ganz vertraut... Ich weiß, daß Sie sich viele Gedanken darüber gemacht haben, wer ich eigentlich bin, Matt Jones. Und ich muß euch jetzt mehr über mich erzählen. Ich bin nicht derjenige, für den ihr mich haltet...«

»Sie sind...«

»Nein. Ich bin nicht einer eurer Feinde, Matt Jones. Haben Sie nie daran gedacht, ob ich hier in Tokio ein Zuhause haben könnte? Und ob es vielleicht eine Widerstandsbewegung gibt, jetzt, wo das ganze Land von Konvertierten und Kollaborateuren überrannt wird, seine Ökonomie und Technologie brachliegt und die Menschen enttäuscht und hilflos sind? Jetzt ist es an der Zeit, diese Fragen zu beantworten, Matt Jones...«

Kapitel 17

Sugihara zeigte ihnen den Weg. Durch verqualmte Straßen. Außer von den Hauptverkehrsstraßen gab es in Tokio keine Straßennamen; die Adressen richteten sich nach den Bezirken und Abzweigungen zwischen den vielen, vielen Häusern an der Straße. Tomoko wußte nicht mehr, wo sie sich eigentlich befanden, es schien ihr nur, daß der Weg hügelabwärts führte. Die kleine Straße wand sich wie eine Schlange; und in der Dunkelheit konnten sie fast nichts mehr erkennen. Doch Sugihara schien jeden Stein im Gedächtnis zu haben. Sie gingen zügig voran, als wären sie kaum von der mörderischen Jagd im U-Bahnuntergrund erschöpft. CB lief manchmal, manchmal wurde er getragen. Ein trauriger Professor Schwabauer bildete den Schluß der kleinen Gesellschaft. Sie sprachen kaum.

Endlich erreichten sie eine Art Restaurant oder Teehaus. Alle

Fensterläden waren verschlossen, es brannte kein Licht. Ein einziges Schild hing an der Eingangstür, worauf etwas in einer Schrift von so unaussprechlicher Eleganz geschrieben stand, daß Tomoko sie nicht entziffern konnte.

Sugihara ging hinter das Haus; sanft klopfte er an ein Seitenfenster. Eine Frau kam herum, um die Vordertür zu öffnen und sie hineinzubitten. Zu Tomokos Überraschung war sie wie eine Geisha gekleidet; ihr Gesicht war weiß angemalt wie das Mondlicht; der Mund glänzend karmesinrot; das Haar adrett frisiert mit einem Haarknoten, um den ein silbernes Haarnetz geschlungen war. *»Doozo sumimasen«*, begrüßte sie sie und verneigte sich vor ihnen. Sie deutet auf einen Platz, wo sie ihre Schuhe hinstellen konnten. Die Amerikaner, etwas unsicher, imitierten Sugihara, der die Höflichkeitsrituale mit der Gewandheit einer Katze vollzog. Sie gingen einen erhöhten *Tatami*boden entlang und setzten sich auf den Boden um einen Teetisch. Ruhig begann die Geisha den dampfenden Tee in ihre Becher zu gießen.

Sugihara und sie tauschten einen langen Blick. Und Tomoko spürte plötzlich so etwas wie... konnte es Neid sein? Die beiden vollzogen eine jahrhundertealte Tradition, die eigentlich auch ihre sein und mit der sie harmonieren sollte, aber... sie war hin- und hergerissen zwischen ihren zwei Identitäten.

»Ich sollte vielleicht etwas erklären«, wandte sich Sugihara den anderen zu. »In Japan ist es undenkbar, daß ein Mann in meiner Position nicht ein kleines Refugium besitzt, einen Ort, an dem er den Sorgen des Alltags entfliehen kann und Trost findet in den Armen seiner Geliebten. Aber Setsuko hier ist keine gewöhnliche Geisha... sie ist Wissenschaftlerin.«

»UCLA«, erklärte die Geisha und verbeugte sich vor der versammelten Mannschaft. »Doktor der Astrophysik, Magister der Chemie und Biochemie. Es tut mir leid, daß ich damit prahle.«

Dann mußte sie in Amerika gewesen sein, diese Frau, sie war dort ausgebildet worden... wie konnte sie dann so enden? Tomoko konnte nicht anders, als sie zu fragen: »Ein Ph. D. an der UCLA und dann derartig unfrei?«

»Suchen wir nicht alle verschiedene Dinge in unserem Leben, Tomoko-san?« meinte sie. »Wissen bedeutet mir nicht alles, ich brauche auch innere Disziplin. Und daher kam ich hierher, erlernte meinen zweiten Beruf und wurde die Geliebte des großen Sugihara persönlich.«

Des großen Sugihara, dachte Tomoko. An diesem alten Mann ist weit mehr, als ich mir vorgestellt habe. Wer war er wirklich?

Setsuko lauschte ernsthaft den anderen, die ihr von den Ereignissen des Tages berichteten. Dann sagte sie: »Das Schloß von Osaka... das wird schwierig werden. Und ihr sagt, daß die Visitors öffentlich als Reptilien auftreten? Daß sie nicht mehr ihre Hautmasken tragen?«

»Es scheint so«, meinte Tomoko. »Und wenn schon wichtige Menschen wie Ogawa konvertiert sind und alles, was vage als antisaurisch erscheint, verboten und ersetzt wird durch prosaurische Kampagnen – dann glaube ich als Anthropologin voraussagen zu können, daß schon eine Generation später alle negativen Vorstellungen, die sich mit der Reptilienkultur verbinden, ausgelöscht sein werden... es ist, als würden sie das kollektive Unterbewußtsein der ganzen Gesellschaft einer Gehirnwäsche unterziehen!«

»*Hai*«, meinte Setsuko. »Und die Lösung finden wir im Schloß Osaka.«

»Wenn ich daran denke, daß du Fieh Chan von Angesicht zu Angesicht gegenübergestanden hast – dieser Kreatur, die das Ganze initiiert hat«, erregte sich Matt wütend. »Und wenn ich mir vorstelle, daß er dich beinahe... berührt hätte...«

»Für mich scheint das nicht Fieh Chans Werk zu sein«, entgegnete Setsuko. »Denn alle, die ihn gekannt haben, wußten, daß er im Grunde... trotz seines schrecklichen Reptilienaussehens... ein warmes, mitleidiges Wesen war.«

»Das ist wahr«, gab Tomoko zu, »er hat mir das Leben gerettet.« Sie wollte nicht zugeben, daß sie sich von ihm... angezogen fühlte. Sie wollte Matts Gefühle nicht verletzen.

Setsuko fragte: »Ihr wollt uns also helfen?«

»Ja«, antworteten Tomoko und der Junge.

Setsuko erzählte: »Im Gegensatz zu euch drüben in Amerika hatten wir hier viele Verluste. Unsere jungen Männer haben alles aufs Spiel gesetzt, indem sie Kamikazeangriffe auf Alieneinrichtungen durchführten; die Reaktion darauf kam schnell und war sehr grausam. Aber was wir in unserem Herzen fühlen, das können sie uns nicht nehmen! Wir dachten, wir seien frei... aber nein.

Angeblich regieren uns Menschen, doch es sind Konvertierte, man hat sie einer Gehirnwäsche unterzogen; und die von Fieh Chan entwickelte Thermaldruckhaut ermöglicht es, daß viele Saurier hier bleiben konnten! Aber wenn wir sie aus ihren Festungen verjagen, werden sie letztendlich nicht lange durchhalten können. Ich denke, daß sich die Menschen wehren werden. Und ohne ihr gesamtes Waffenarsenal können die Außerirdischen keinen wirklichen Krieg führen, ich meine, ohne ihre Mutterschiffe. Sie haben vielleicht noch zwei oder drei Kampfschiffe hier auf der Erde. Wir könnten sie schon längst alle getötet haben, aber uns mangelt es am Willen; man hat unsere Seelen gestohlen.«

Tomoko war tief bewegt von dieser leidenschaftlichen Ansprache. Ihr wurde bewußt, daß sie sich weder mit einem Land noch mit einer Tradition so verbunden fühlte, wie Setsuko es war. Ein Teil von ihr entsprach Setsuko; aber der andere sehnte sich danach, ganz Amerikanerin zu sein.

»Ich habe etwas in meinem Labor entwickelt«, fuhr Setsuko fort, »von dem ich glaube, daß es helfen könnte.«

Sie klatschte in die Hände.

Der *Shoji* hinter ihnen wurde weggeschoben. Und Tomoko sah... Reihen schimmernder Röhren und Retorten und Kolben und Reagenzgläser und Bunsenbrenner. Ein Laborassistent in weißem Kittel lächelte ihnen zu.

»Ich habe die Thermoplastproben zahlreicher Visitorverkleidungen analysiert... und es ist mir gelungen, sie zu reproduzieren. Es ist eine seltsame Substanz, nicht ganz plastisch und nicht ganz organisch. Wie bei lebendem Gewebe beinhaltet die Produktion ein Klonverfahren.« Setsukos Assistent kam jetzt mit einem Lacktablett zu ihnen; er hob das Seidentuch, das es bedeckte, hoch.

Es war zerknüllt, grün und schuppig... aber Tomoko erkannte sofort, daß, wenn man es straff spannte, es genauso aussah wie das Gesicht eines Visitors. »Erstaunlich«, rief sie.

»Es ist noch nicht perfekt«, meinte Setsuko und stülpte sich das Dermoplast über ihre Finger. Es erinnerte an die Haut von Entenfüßen, »aber ich denke, in gedämpftem Licht wird man keinen Unterschied feststellen. Warum auch? Ich meine, schließlich haben sie *uns* mit diesem Zeug ganz schön lange zum Narren gehalten.«

»Aber wozu soll das gut sein?« wollte Matt wissen.

»Nun, ich bin der Meinung, daß die einzige Chance, ein paar Leute in das Schloß von Osaka hineinzubekommen, ist, die Spielregeln zu vertauschen... wir verkleiden uns als Reptilien«, erklärte Setsuko.

»Was? Wir sollen Echsenmasken tragen?« entrüstete sich Matt.

»Mehr als nur Masken«, entgegnete Setsuko. »Ideal wäre es, den ganzen Körper damit zu bedecken. Aber leider haben wir dafür nicht genug Zeit; wir werden also unser möglichstes versuchen müssen.«

»Heißt das etwa, daß vier oder fünf von uns in Karnevalskostümen ein ganzes Schloß stürmen sollen?« fragte Matt skeptisch.

»Das ist unsere einzige Chance«, erläuterte Setsuko. »Murasaki ist schon auf dem Weg zum Schloß... da liegt was in der Luft. Uns bleibt nicht mehr viel Zeit.«

»In Ordnung«, seufzte Matt. »Meinetwegen. Aber jetzt müssen Sie mir noch eins erklären... warum sind sie ausgerechnet hinter *mir* her? Ich meine, warum kidnappt eine Bande japanischer Aliens alle Kampfsportmeister aus Amerika? Wo ihr doch selbst genügend habt, oder etwa nicht? Und wozu überhaupt?«

»Meine Theorie dazu ist folgende«, erklärte Setsuko. »Ihre Situation ist wesentlich schwächer, als es scheint. Ja, sie kontrollieren das Land mit Hilfe ihrer konvertierten Truppen... aber sie haben kaum Kontakt zu ihren Mutterschiffen, wenn überhaupt, richtig? Wenn sie neue Waffen brauchen sollten, so werden sie sich hier kaum welche beschaffen können; Japans Armee ist aufgrund der Folgeverträge nach dem Zweiten Weltkrieg so gut wie nicht mehr vorhanden. Also sind sie gezwungen, einen einfacheren Weg einzuschlagen. Aber vor einigen Monaten haben viele der führenden japanischen Kampfsportmeister den Tod gesucht.«

»Sie töteten sich selbst?« fragte CB erstaunt.

»Keiner wußte genau warum.«

»Unter ihnen war auch mein eigener Lehrer, der große Sugihara«, bemerkte Sugihara. »Und deshalb habe ich seinen Namen angenommen...«

»Und seine Mätresse«, fügte Setsuko hinzu, sich tief verneigend. Tomoko sah, daß sie stolz darauf war, und sie spürte einen merkwürdigen Neid. Niemals würde sie diese Frau richtig verstehen.

Und wenn Sugihara nicht Sugihara war, wer war er dann?

»Mir scheint es plausibel«, meinte Setsuko, »daß die Aliens ein Massentrainingsprogramm aufstellen wollen. Sie wissen nicht, ob die Mutterschiffe zurückkehren werden. Sie müssen trotzdem daran glauben, sonst würden sie ihre Fleischverwertungsanlagen nicht so dürftig tarnen. So wie die Dinge aussehen, müssen sie die hiesigen Kampfsporttechniken lernen, als Vorsichtsmaßnahme für den Tag, an dem ihre Technologie am Ende ist... die Großmeister Japans weigerten sich, ihnen behilflich zu sein, und begingen statt dessen gemeinsam *Harakiri.* Also waren sie gezwungen, sich die Meister anderer Länder zu holen...«

»Und sie halten sie alle in diesem Schloß gefangen?« fragte Matt.

»Vielleicht sogar in Konvertierungskammern«, meinte CB grimmig.

»Sie haben recht«, gestand Matt. »Wenn wir sie lange genug zum Narren halten, dann können wir vielleicht unsere Freunde befreien. Vielleicht ergibt sich sogar die Möglichkeit, die ganze Anlage zu sabotieren...«

»Aber was ist mit unseren Stimmen?« überlegte Tomoko. Voll Schaudern erinnerte sie sich daran, wie sie das erste Mal ihre harte metallische Sprache gehört hatte, als sie eingefroren in einem Plastiksack in ihrem Schlachthaus an Bord eines Mutterschiffes gelegen hatte. »Und ihre Sprache... so schnell können wir ihre Sprache nicht lernen.«

»Ich habe ein Gerät, das uns helfen wird; es wird bei Patienten mit Kehlkopfkrebs eingesetzt. Wenn man es gegen die Kehle hält, klingt die Stimme schnarrend und krächzend... Ich brauche es nur ein wenig zu modulieren. Jede Maske ist mit einem Gerät ausgerüstet.«

»Aber ihre Sprache...«, gab Matt zu bedenken.

»Wir halten uns einfach an ihre alte Ausrede, daß offiziell immer unsere Sprache gesprochen werden muß«, fiel Tomoko ein, die sich an ihre Gefangenschaft erinnerte.

»Scheint mir ziemlich riskant«, zweifelte Matt.

»Laßt mich erst mal an ihren Zentralcomputer!« sagte CB enthusiastisch.

»Ich weiß überhaupt noch nicht, ob wir dich mitnehmen«, überlegte Matt. »Das ist viel zu gefährlich für dich, Junge, wo du doch schon so viel durchgemacht hast –«

»Hey, sie haben meine Eltern gefressen. Ich muß sie töten. Außerdem sind wir doch Batman und Robin, oder hast du das etwa vergessen?«

»Genau«, stimmte Matt zu. Tomoko merkte, wie gern sich die beiden hatten, und sie war glücklich, wieder mit ihm zusammen zu sein, und auch glücklich über seine neue Sanftheit. Aber irgend etwas zog sie auch zu Sugihara hin... ihr fiel ihr Vater ein, der ihrer Mutter verboten hatte, zu Hause japanisch zu sprechen, und sich aufgeregt hatte, weil das so unzivilisiert sei... in ihrer Phantasie hatte sie sich immer einen Liebhaber gewünscht, der wie ein anderer Vater zu ihr war... asiatisch wie ihre Mutter... stets versöhnlich.

Zwei Männer – zwei unterschiedliche Lebensweisen –, Tomoko hatte Angst davor, sich eines Tages entscheiden zu müssen.

Kapitel 18

Während Tomoko und Sugihara schliefen, gingen Matt und CB hinunter in den Keller, wo sich Setsukos Labor befand. Setsuko und einige Assistenten waren immer noch bei der Arbeit – unter anderem strichen sie ein Auto hellorange an.

»Was soll das denn?« fragte Matt. Er entdeckte, daß sie in einer Garage waren. Es gab einen Ausgang auf die Straße, der aber total verriegelt war; vielleicht eine Durchfahrt.

Setsuko sah ihn an. »Sie schlafen nicht, Matt Jones?« meinte sie. »Ihnen steht ein harter Tag bevor.«

»Aber was machen Sie hier?«

»Oh, man könnte es als Tarnung bezeichnen. Irgendwie müßt ihr doch in das Schloß von Osaka kommen, oder nicht? Und nur die Aliens dürfen mit Autos fahren und bekommen Benzin an Tankstellen. Hier, helfen Sie mir mal.«

Sie zog eine Schablone hervor, stülpte sie über die Tür und begann, schwarze Farbe daraufzusprühen. Es war das verhaßte hakenkreuzähnliche Symbol der Visitors. »Und darin soll ich fahren?« empörte sich Matt.

»Tut mir leid«, meinte sie.

»Ersparen Sie mir das.«

»Ich muß heute nacht noch viel mehr machen. Ich muß mich auch um Ihre Garderobe kümmern. Ich denke, daß es am besten für Sie ist, wenn Sie so unauffällig wie möglich gekleidet sind, nicht wahr? Gekleidet wie Ninjas. Wir arbeiten im Augenblick wie besessen an Ihrer Maskerade. Wollen Sie es sehen?«

Sie führte sie in einen der hinteren Räume, wo eine alte Frau Masken bemalte. Das Dermoplast war straff über einen Styroporkopf gespannt, wie man ihn in Perückengeschäften verwendet; eine alte Frau zeichnete sorgfältig jede Schuppe darauf. »Das ist meine Großmutter«, stellte Setsuko sie ihnen vor und murmelte etwas auf japanisch.

Die alte Frau blickte auf, sie ließ einen endlosen Singsang los, ohne auch nur einmal Atem zu holen.

»Sie sagt, daß sie euch dankt, daß ihr freiwillig euer Leben aufs Spiel setzt, um unsere Zukunft zu retten«, erklärte Setsuko.

»Das klingt nicht gerade ermutigend«, erwiderte Matt.

»Kann ich mal eine anprobieren?« bat CB.

Und die folgende Stunde verbrachte er damit, wie ein Reptil auszusehen und Grimassen im Spiegel zu schneiden.

»Wie schaffen Sie es, derartig ruhig zu sein?« fragte Tomoko Sugihara, der in Meditationsstellung dasaß. Vor ihm lag sein Schwert, und seine Augen waren geschlossen.

Sugihara erwiderte: »Ich habe viel gelernt.«

»Ich beneide Sie darum«, gab Tomoko zu. »Ich…«

»Sagen Sie ruhig alles, was Sie denken, Tomoko. Schon morgen nacht können wir tot sein.«

Und sie erzählte ihm ihre Lebensgeschichte. Und fröstelnd erinnerte sie sich daran, daß sie nur Fieh Chan gegenüber je so aufrichtig gewesen war. »Was werde ich wohl machen, wenn ich ihn wiedersehen sollte?« grübelte sie. »Fieh Chan, meine ich. Da war etwas in ihm… auch Sie haben etwas davon.«

»Seien Sie glücklich, mein Kind«, riet ihr Sugihara. »Ich bin viel weiter weg von zu Hause als Sie.«

Was meinte er damit? »Sie müssen viel erlitten haben«, sagte sie schließlich.

»Ja.«

Sie wußte nicht mehr, was sie sagen sollte; immer wieder verwirrte er sie mit seiner Direktheit. Diese Direktheit, so vermutete sie, basierte auf großer Komplexität. Es schien, als ob alles, was er sagte, eine tiefe Wahrheit enthielte und wäre dennoch nicht ganz wahr. Sie konnte diese Stille nicht ertragen. Sie mußte reden. »Ah… glauben Sie an Reinkarnation?« fragte sie, ein wahlloses Cocktailpartythema aufgreifend, um ihre Nervosität zu überspielen.

»Ich glaube, daß ich schon viele Leben gelebt habe«, antwortete Sugihara. »Tatsächlich bin ich nicht die Person, die ich bin.«

»Sie sind solch ein Mysterium. Ihr Schwert ist wunderschön. Ist es schon viele hundert Jahre alt?« Sie streichelte den geschnitzten Griff und bewunderte seine Glätte.

»Es gehörte meinem Meister. Obwohl er letztendlich meine wahre Natur nicht kannte«, sagte Sugihara.

»Was ist Ihre wahre Natur?«

»Ich weiß es nicht.«

Ich auch nicht, dachte sie. »Hatte er eine große Bedeutung für Sie? Ich meine, der Meister Sugihara, der Mann, dessen Namen Sie angenommen haben?«

»Ja. Wir waren eng verbunden. Ich war sein Adjutant beim Akt des *Harakiri.*«

Tomoko zitterte. Sie wußte, was das bedeutete. Der Adjutant beim *Harakiri* war ein vertrauter Freund oder Kamerad des Mannes, der den Suizid beschlossen hatte. Es war seine Pflicht, den Freund zu enthaupten, sobald dieser das Ritual des Bauchaufschlitzens beendet hatte. Eine furchtbare Vorstellung.

»Ich konnte ihm nicht folgen, Tomoko«, erzählte Sugihara weiter. »Denn er befahl mir weiterzuleben.«

»Ist das so schlimm?«

»Mehr als das. Ich mußte mich zwingen weiterzuleben… aufgrund einer Erinnerung.«

»Welcher?«

»Einer Frau.« Sugihara blickte ihr jetzt direkt in die Augen. Sie wünschte so sehr, etwas für diesen fremden, unbegreiflichen alten Mann tun zu können. Impulsiv küßte sie ihn auf die Wange. Seine Haut war kalt. »Die Frau war Ihnen sehr ähnlich, Tomoko Jones. Wie glücklich muß Ihr Mann sein.«

»Manchmal glaube ich, er weiß mich nicht zu würdigen.«

»Doch, das tut er. Ich sehe es. Er ist kein nachdenklicher Mann; er kann seine Gefühle nicht artikulieren. Aber Sie haben gesehen, wie sehr er sich verändert hat.«

»Ja, ja.« Und Tomoko begann leidenschaftlich zu weinen.

Kapitel 19

Die Limousine hielt zum Auftanken an einer der wenigen funktionierenden Tankstellen auf der Autobahn, halbwegs zwischen Tokio und Osaka. Sie war orangefarben und trug auf ihren Türen das ominöse Visitorsymbol. Lady Murasaki stieg einen Moment aus, da sie nicht gerne in diesen primitiven Fahrzeugen reiste. Stunden hatte es gedauert, um wenigstens bis hierher zu gelangen; und die Straßen, unbenutzt, seitdem jede Technik verfemt wurde, waren unwahrscheinlich holperig. Wie sehr sehnte sie sich nach einem der schwebenden Wüstenrennboote ihres Heimatplaneten! Oder nach dem seidenweichen geräuschlosen Flug mit einem Raumschiff.

Jemand – einer dieser konvertierten Speichellecker – kam heraus, um sich um den Wagen zu kümmern.

»Benzinvorräte?« Streng sprach sie ihn an, wie es sich mit diesen niedrigen Kreaturen gehörte.

»Es gibt nur noch sehr wenig, meine Dame«, antwortete der Tankwart. »Ich fürchte, es reicht nur noch für ein paar Tankfüllungen. Könnten Sie nicht dafür sorgen, daß wir neu beliefert werden…«

»Es ist nichts mehr da«, zischte Lady Murasaki gereizt. »Aber die Meister werden bald zurückkehren.«

»Natürlich, meine Dame.«

Sie ging in das Gebäude hinein.

Innen stand ein zerbeulter Cola-Automat, der in seinen besseren Zeiten auch Orangensaft und Mineralwasser angeboten hatte. Jetzt funktionierte nichts mehr. Auf einem Schreibtisch brannte eine Lampe, die einen stinkigen Fischtrangeruch ausströmte; auf dem Land gab es schon lange keine Elektrizität mehr. Sie hatten alle Stromleitungen zum Schloß umdirigiert; dort entwickelten sie ein Filtergerät, mit dem sie die Atmosphäre im Lager vom roten

Staub reinigen wollten. Es war noch nicht effektiv genug. Sie waren gezwungen, die von Fieh Chan entwickelte Druckhaut selbst im Schloß zu tragen. Wie lästig!

Murasaki setzte sich an den Schreibtisch und zog aus ihrem Kimono ein kleines Kommunikationsgerät. Es hatte die Größe eines Taschenrechners; ein kleiner flacher Bildschirm blinkte.

»Ah, Wu Piao«, zischte sie. »Sie sollen jeden Tag versucht haben, mich zu erreichen?«

Das Gesicht ihres Kollegen und gelegentlichen Rivalen erschien auf dem winzigen Bildschirm. »Murasaki! Gut. Die Kommunikationsmöglichkeiten haben sich furchtbar verschlechtert. Oder beantworten Sie die dringenden Anrufe Ihrer Kollegen nicht?«

»Ich nahm an, daß Sie unterwegs nach Osaka seien, Wu Piao. Oder haben Sie Hongkong noch nicht verlassen?«

»Seit Sie mir versichert haben, daß Fieh Chan zurückkehren wird, nehme ich die Einladung, Ihre Anlage zu inspizieren, gerne an.« Natürlich wußte er, daß die Wahl seiner Worte sie ärgern würde. »Ich freue mich schon darauf, meine Befehle wieder von demjenigen entgegenzunehmen, der am meisten qualifiziert ist, sie zu erteilen«, fügte er noch hinzu. Seine Stimme klang so leise durch den Miniatursprechapparat; Murasaki wünschte sich, das Gerät wäre so klein wie eine Fliege, so daß sie es mit der Zunge in der Luft fangen und verschlucken könnte. »Ich nehme unser einziges Raumschiff. Sie sind sehr leichtfertig mit den Kampffähren umgegangen, und sie sind zur Zeit, wie Sie wohl wissen, unersetzbar.«

»Man kann mir ja wohl kaum die Sabotage in Amerika zuschreiben«, erboste sich Murasaki.

»Die Zerstörung der Kampffähren bedeutet, Murasaki, daß jemand etwas weiß, was er eigentlich nicht wissen dürfte! Ein Informationsleck! Ich dachte, daß alle Ihre Diener Konvertierte seien?«

»Durch meinen unnachahmlichen Stil erledigen sich alle Probleme von selbst«, erwiderte Murasaki cool.

»Ja. Wir alle haben von Ihren menschlichen Sushibars gehört!« meinte Wu Piao glucksend. »Das einzige, meine Liebe, worin Sie bisher unnachahmlichen Stil bewiesen haben, sind – Ihre neuen Menüvorschläge.«

Das erinnerte sie daran, wie hungrig sie war... vielleicht der Tankwart... nein, eine Schlange würde ausreichen. Sie schaute sich um. Ah, eine Ratte. Dort war sie, jetzt saß sie auf einer Ecke des Schreibtisches. Sie starrte sie an, hypnotisierte sie mit ihrem Blick. Mit geschickter und tödlicher Präzision schoß ihre Zunge heraus, sprühte Gift aus und spielte mit ihr, ließ sie noch einige Momente lang zappeln, um sie schließlich in ihr Maul zu stopfen.

»Müssen Sie immer fressen, wenn ich mich um eine ernsthafte Konversation bemühe?« bemerkte Wu Piao.

Seine Anspielung ignorierend, fuhr sie fort: »Ich hoffe, Sie kommen rechtzeitig zum Essen. Wir haben eine wunderbare Überraschung geplant.«

»Unseren Führer zu sehen, wird ausreichen«, meinte Wu Piao und machte sich noch nicht mal die Mühe, seine Abneigung zu verbergen.

Also glaubt er mir nicht! dachte Murasaki. *Gut! Morgen wird er nicht mehr zweifeln. Ich werde ihn eliminieren, jetzt, wo Fieh Chan nicht mehr auftaucht. Mit den vielen Fleischkonserven und mit dem neutrainierten Heer von Kampfsportlern ist die Kontrolle Japans so gut wie sicher. Es ist keine Frage, wer schließlich diesen ganzen verdammten Planeten regieren wird!*

Sie saß am Schreibtisch und begann schallend zu lachen.

Plötzlich bemerkte sie, daß der Tankwart hereingekommen war und darauf wartete, ihr etwas mitteilen zu können.

»Nun, du Idiot?« fragte sie. »Was gibt's?«

»Meine Dame, heute morgen kam schon eine Visitorlimousine hier vorbei. Sie hinterließen Ihnen eine Nachricht.«

»Gut, her damit!«

Er zog ein Stück Reispapier aus der Hemdentasche.

VORSICHT
DER AUSSERIRDISCHE NINJA
KOMMT

»Was soll das?« rief sie. »Wer hat dir das gegeben?«

»Ich konnte das Gesicht nicht sehen, meine Dame. Er war gekleidet wie ein Ninja.«

»Er kam hierher? Du hast ihm Benzin gegeben? Aber keiner der anderen Meister ist für diese Straße heute eingetragen. Wenn du mich hintergehst…«

»O nein, meine Dame! Ich sah seine Augen. Er war ein Meister, ich zweifle überhaupt nicht daran«, stieß er voller Angst hervor.

Ein Verdacht schoß ihr durch den Kopf. Aber sie verdrängte ihn sofort. Schließlich war das Schloß uneinnehmbar.

Kapitel 20

Als sich Matt das erste Mal im Spiegel gesehen hatte, während sie auf die Straße fuhren, fürchtete er sich fast vor sich selber.

»Diese Gesichter sind wirklich überzeugend«, hatte er gesagt. »Die Frau hat gute Arbeit geleistet.«

»Sie ist eine gute Frau«, erwiderte Sugihara. »Es ist eine Schande, daß wir sie zurücklassen müssen. Aber falls wir nicht zurückkehren sollten... muß jemand da sein, der die Fäden der Widerstandsbewegung zusammenhält.«

Sie fuhren weiter.

Keine Ampel funktionierte. Matt fuhr wie ein Wilder, wie besessen. Und in gewisser Weise war er auch besessen. Er mußte Tomoko etwas beweisen. Er hatte gesehen, wie innig sich Sugihara und Tomoko in die Augen geblickt hatten. Er wollte sie nicht schon wieder verlieren. Auf keinen Fall.

»Wie wäre es, wenn du links fahren würdest, Matt, wir sind hier in Japan«, rief ihm Tomoko zu.

»Was macht das schon aus«, hatte Matt abgewunken und fuhr weiter auf der falschen Straßenseite. Keiner hielt ihn auf. Kinder und Verkäufer rannten schreiend davon, wenn er näher kam. »Jetzt weiß ich, wie sich Godzilla gefühlt haben muß«, meinte er. »Ich bin froh, ein Mensch zu sein.«

Drei Aliengesichter starrten ihn an.

Matt war verlegen. Er war bei weitem der größte von ihnen; CB, groß für seine zwölf Jahre und vollständig eingehüllt von der schwarzen Ninjakleidung, wirkte genau wie die beiden anderen, aber Matt kam sich schlaksig und fehl am Platze vor.

»Ich hoffe, Professor Schwabauer geht es gut«, meinte Tomoko. Sie hatten ihn in Setsukos Haus zurückgelassen.

»Sicher«, antwortete er. Er fragte sich, ob sie auch dieses Haus als Ruine wieder vorfinden würden. »Es wird ihm gut gehen.«

Sie fuhren weiter.

Endlich, nachdem sie an einer der wenigen funktionierenden Tankstellen aufgetankt hatten, hatten sie bei Einbruch der Nacht die Umgebung des Schlosses erreicht.

»Es ist wunderschön!« begeisterte sich Tomoko.

Das war es wirklich. Es erhob sich auf der Spitze eines Hügels und inmitten üppiger Vegetation, es hatte spitze Dächer und Mauern über Mauern und steinerne Treppenaufgänge mit geschnitzten Geländern.

»Aber drinnen geht es grausam zu«, äußerte Sugihara.

Am Fuße des Hügels war eine Absperrung aufgebaut.

Eine Wache winkte sie durch.

Sie erreichten eine zweite und eine dritte Absperrung. Bei der dritten beugte sich einer herunter, um Matt anzusprechen. Es war ein Alien; durch die schwarze Kleidung sah man die wulstige Stirn und die grausamen Augen.

Er ließ einen Wortschwall auf Japanisch los, den Matt nicht verstehen konnte. »Er sagt, daß er dich zu kennen glaubt«, hörte er Tomoko flüstern.

»Was soll ich jetzt machen?« flüsterte er zurück.

Da antwortete Sugihara der Visitorwache.

Instinktiv verbeugte sich die Wache und öffnete die Schranke.

»Was haben Sie ihm gesagt?« fragte Matt neugierig.

»Daß ich eine Meldung an seinen obersten Offizier machen werde«, erklärte Sugihara.

Innerhalb des Lagers herrschte hektisches Treiben. Matt fuhr in eine Parklücke. Viele orangefarbene Autos, darunter auch einige Limousinen, parkten dort. »Hier passiert etwas Außergewöhnliches«, meinte Sugihara, »wenn man vergleicht, was normalerweise hier los ist...«

»Woher wissen Sie das?« fragte Matt.

»Ich war hier... schon mal in Gefangenschaft.«

Steile, gemauerte Treppenstufen führten den Hügel hinauf. Über ihnen sahen sie die Silhouette des vom Sonnenuntergang angestrahlten Schlosses.

»Zögert niemals oder zeigt Furcht«, riet ihnen Sugihara. »Die Visitors haben Spaß daran, Fehler zu entdecken; sie stürzen sich auf den geringsten Irrtum. Aber sie hassen es, zugeben zu müssen, daß sie sich geirrt haben, und wenn es uns gelingt, sie zu bluffen, sind wir drin. Nun, habt ihr eure Kehlkopfsynthesizer eingestellt?«

»Ja!« meinte Matt und testete ihn. Die Stimme, die aus dem Gerät tönte, erschreckte ihn zutiefst; sie klang furchtbar, total metallisch.

»Alles klar, gehen wir«, entschied Tomoko.

Sie verließen den Wagen und begannen die Stufen hinaufzusteigen. Auf jeder Seite standen Wachen, konvertierte Menschen.

Als sie die vier erblickten, verneigten sie sich sofort; einer von ihnen führte sie die letzten Stufen hinauf zum Eingang des Schlosses. Sugihara wechselte einige Worte mit der Wache; Matt sah einen seltsamen Gesichtsausdruck auf Tomokos Gesicht. Er schlich hinter sie und fragte sie, was sie gesprochen hatten.

Tomoko erzählte: »Die Wache sagte: ›Willkommen; ich nehme an, Sie sind hier, um an dem großen Treffen teilzunehmen? Ich werde Sie zu Ihrem Quartier führen.‹«

»Sie erwarten uns?« fragte Matt erstaunt.

»Mehr weiß ich nicht«, sagte Tomoko. »Sie scheinen ganz sicher zu sein, daß wir erwartet werden. Tatsächlich sollen wir auf einem Bankett uns zu Ehren erscheinen… in einigen Stunden!«

»O nein«, meinte CB. »Ich wette, ich kenne den wahren Grund.«

Teil 4 Osaka:
Der außerirdische Ninja

Kapitel 21

»Sehr gut«, meinte Lady Murasaki zu ihren Wachmännern, »vor dem großen Abendessen möchte ich noch einmal die Gefangenen inspizieren.«

Sie eskortierten sie die Gänge des Schlosses entlang. Immer wieder freute sie sich an ihrer persönlichen Wache in ihren Samurai-uniformen, auf denen das Visitorzeichen abgebildet war. Jeder hielt ein Banner hoch. Obwohl diese Erde eine gräßliche Welt war, so gefielen ihr doch dieser barbarische Pomp und die Pracht. Das sollte auch nach ihrer Machtübernahme beibehalten werden, entschied sie. Und sie war sich sicher, daß noch heute nacht nach dem Bankett alle Macht in ihrer Hand liegen würde.

Wenn Fieh Chan nicht doch überlebt und irgendwie von dieser ganzen Situation Wind bekommen hatte. Das war das einzige Haar in der Suppe. Aber Murasaki war, während sie ihre schuppigen, schuhlosen Füße über die polierten Holzfußböden in den Gängen gleiten ließ, völlig überzeugt davon, daß der Augenblick ihres Triumphes endgültig gekommen war.

»Zuerst will ich die Konvertierungskammern sehen«, befahl sie.

»Ja, meine Dame«, sagte ein Wachmann. Der eine war Saurier, der andere ein konvertierter Mensch. Sie öffneten die *Shoji*wände, dann befanden sie sich in einem riesigen Raum, in dem in einer Glaszelle, umgeben von vielen Apparaturen, die ein unheimliches blaues Licht aussandten, ein Mann in Ketten hing. Er war nackt, und überall an seinem Körper waren Elektroden angebracht.

»Ah«, sagte sie cool, »Mr. Casilli.«

Rod Casilli blickte auf. »Also sind Sie zurück, Sie Kröte!« rief er. »Sie glauben, daß Sie mich in einen dieser gehirnlosen Trottel verwandeln können, aber das wird Ihnen nie gelingen. Ich widersetze mich Ihnen – widersetze mich – widersetze mich!«

»Aber Sie müssen sich doch nicht so aufregen, mein lieber Freund aus Amerika«, säuselte sie. Es war die groteske Parodie eines koketten, schmeichelnden Tonfalls. »Alle Ihre Kollegen haben schon kapituliert. Ihr Freund Lex Nakashima ist schon in meiner Armee. Er trainiert bereits Tausende von Kadetten. Je eher Sie nachgeben, desto eher können Sie auf dieses reizende Stück Land in New Mexico zurückkehren. Wir schenken Ihnen sogar den elektrischen Zaun, den Sie sich so lange gewünscht haben. Es ist nicht so schlecht, einer der Unseren zu sein, oder? Wenigstens gehören Sie dann zu den Gewinnern.«

»Jeder Meister des Kampfsports weiß, daß es nicht ums Gewinnen geht!« stöhnte Rod.

»Sehr gut! Wenn Sie darauf bestehen«, und dann befahl sie der Wache: »Leiten Sie Phase zwei der Konvertierung ein.«

Wilde blaue Lichtströme zuckten durch die Zelle! Rod Casilli bebte und zuckte, als würde er elektrisch aufgeladen. Schweiß lief ihm die Wangen, den Nacken und an seinem muskulösen Körper herunter. Aus seiner Kehle kamen tierische Schreie.

»Amüsieren Sie sich, Mr. Casilli?« fragte Lady Murasaki und leckte mit ihrer gespaltenen Zunge über ihr Echsengesicht. »Die Apparate sind geduldig, das versichere ich Ihnen. Und ich bin es auch. Ungeheuer geduldig. Mr. Ogawa, der Kulturminister, brach erst nach mehreren Wochen zusammen; und wie loyal ist er jetzt! Ach ja, er berichtete mir übrigens heute, daß er bedauerlicherweise gezwungen war, einen Ihrer Freunde zu eliminieren. Jones, glaube ich, war sein Name – Matt Jones.«

»Matt – ihr Bastarde! Ihr habt Matt getötet? Aber ich habe doch noch mit ihm gesprochen, kurz bevor ihr mich gefangengenommen habt, bevor ihr mich hierher verschleppt habt. Er rief mich an, um mich zu warnen. Wie schrecklich, daß ich ihm nicht geglaubt habe. Wenn ich daran denke, wie ich über das Telegramm des außerirdischen Ninjas gelacht habe.«

»Außerirdischer Ninja?« Für einen Augenblick schien Murasaki die Fassung zu verlieren. Sie war nicht in der Lage gewesen, das Rätsel um das Telegramm, das sie heute nachmittag an der Tankstelle erhalten hatte, zu lösen. »Was wissen Sie von dem außerirdischen Ninja? Sprechen Sie! Oder ich sehe mich gezwungen, die Tortur fortzusetzen.«

»Ich weiß überhaupt nichts!« schrie Rod Casilli, als Murasakis Zunge herausschoß, um die Skala des Konvertierungsgerätes höher einzustellen.

»Wenn ich mit Ihnen fertig bin«, höhnte sie, »wird Ihr Gehirn so verwirrt sein, daß Sie tatsächlich *nichts* mehr wissen werden. Außer dem, was *ich* dort hineinimpfen werde.«

Mit Befriedigung beobachtete sie den Schmerzindex und las seine Gehirnströme von dem Apparat ab. Dieser hier war besonders stark! Aber dann war es um so erfreulicher, wenn sie aufgaben. »Kommen Sie, nun kommen Sie schon«, säuselte sie verführerisch. »Sehen Sie das Ganze doch mal mit unseren Augen. Sie brauchen doch nicht so zu leiden, Sie könnten glücklich sein, glücklich... lassen Sie doch Ihren Widerstand...«

»Sie haben Matt Jones getötet!« kreischte Rod.

»Ja«, bestätigte Murasaki und ließ etwas Bedauern anklingen. Sie hoffte, daß Jones wirklich tot war und daß Ogawas Bericht nicht wie üblich ein Mischmasch aus Gewäsch und Lügen gewesen wäre. Früher war der Mann so intelligent gewesen; es bestand kein Zweifel daran, daß der Konvertierungsprozeß diesen Menschen den Verstand nahm; sie wurden wie kleine Kinder; man konnte ihnen keine Arbeit anbieten, die das geringste *Denken* voraussetzte.

»Machen Sie weiter«, befahl sie ihren Wachen, »bis er völlig zusammenbricht.«

»Aber, Lady Murasaki, ich glaube, der arme Mann kann nichts mehr aushalten...«

»Das ist mir völlig egal! Und wenn sein Gehirn nur noch Brei sein sollte, ihr tut, was ich gesagt habe! Was bedeutet schon einer von diesen Kampfsportmeistern? Wir haben genug von ihnen in unserer Gewalt.«

»Natürlich, meine Dame«, sagte die Wache und verbeugte sich, um dann die Maschine zu bedienen. Murasaki wandte sich ab, um die Inspektion ihres Lieblingsobjektes fortzusetzen...

»Wo gehen Sie als nächstes hin?« fragte die andere Wache – ein Mensch.

»Oh, ich denke, in den Kerker«, antwortete sie. »Ich möchte ein bißchen mit Nakashima und Yasutake und Kippax plaudern.«

»Es tut mir leid, meine Dame, aber Kippax ist gestorben. Der – äh – Konvertierungsprozeß hat ihm zuviel abgefordert.«

»Und die anderen?«

»Wurden behandelt, wie Sie befohlen haben.«

»Gut. Ich werde hinuntergehen, um sie zu sehen... und dann werde ich mir die Trainingsanlage ansehen; die Präsentation unserer Macht soll doch eindrucksvoll sein, oder nicht? Wir wollen doch den Delegierten aus Hongkong, Seoul und den anderen Orten imponieren. Und schließlich müssen wir doch unseren zukünftigen Untertanen zeigen, wer hier der Boß ist. Danach werde ich in die Küche gehen, um mit dem Koch das Menü für das Bankett zusammenzustellen. Unsere sieben Delegierten sollen nur das Beste bekommen.«

»Sieben, *tono*? Ich hörte von den Torwachen, daß es acht waren, Lady Murasaki. Eine andere Delegation, bestehend aus vier Mitgliedern, kam kurz vor der Dämmerung.«

»Oh? Wer könnte das sein?« meinte Lady Murasaki. Einen kurzen Moment lang erschrak sie, aber sie verdrängte ihren Gedanken sofort.

Nein, dachte sie, *die Stunde meines Triumphes darf nichts trüben – absolut nichts!*

Kapitel 22

»Nein«, meinte Sugihara, »ich glaube nicht, daß wir der Hauptgang sein werden. Aber wir scheinen zu einem wirklich dramatischen Zeitpunkt in der Geschichte der Machtkämpfe der Visitors erschienen zu sein. Ich denke, Lady Murasaki hat heute nacht etwas ganz Großes vor.«

»Möchte sie Fieh Chan entmachten?« fragte Tomoko.

»Vielleicht«, sagte Sugihara.

Man hatte sie in ein Zimmer von außergewöhnlicher Eleganz geführt. Geschmackvoll hatte man die vier Futonbetten auf dem Tatamiboden arrangiert. Vom Balkon aus sah man auf einen Innenhof des Schlosses, der zur Zeit leer war. Auf einem niedrigen Tisch standen ein Teeservice und dekorativ angerichtete Appetithäppchen auf einem silbernen Teller. Das Essen war rot und blutig, und Tomoko wollte nicht darüber nachdenken, was es wohl sein könnte.

»Gut«, fing Matt an, »wie wollen wir vorgehen? CB und ich können unmöglich zum Bankett gehen. Sie werden japanisch sprechen – oder vielleicht diese Echsensprache – und ich glaube, daß ich kaum in der Lage sein werde, da etwas vortäuschen zu können. Also werde ich mich in der Zwischenzeit hier mal etwas umsehen. Ich suche mal nach Rod und Lex und den anderen, die sie hier festhalten... und vielleicht finde ich auch heraus, warum.«

»Sie haben recht«, stimmte Sugihara zu. »Wir haben noch über zwei Stunden Zeit, um einen Plan zu schmieden.«

Plötzlich wurde es im Innenhof laut. Licht blitzte auf. »Wollen wir mal schauen, was da los ist?« schlug Tomoko vor.

Sie gingen auf den Balkon.

Flutlicht war eingeschaltet worden. Tomoko sah einen Saurier, der einen vornehmen Kimono trug; es war Lady Murasaki.

In diesem Moment marschierten viele junge Menschen in den Hof. Sie trugen orangefarbene Stirnbänder, auf denen das Visitor-Symbol abgebildet war, und Trainingsanzüge in den gleichen leuchtenden Farben. Unbewegt betrachtete Lady Murasaki sie; nur ihre Augen strahlten. Sie stellten sich in Reihen auf. Mit militärischer Exaktheit verbeugten sie sich vor ihr, dumpf hallten ihre Schritte im Takt auf den glatten Fliesen des Innenhofes.

Lady Murasaki nickte.

In diesem Augenblick betrat ein Mann den Hof. Er war grauhaarig; er bewegte sich wie ein Zombie; seine Augen wirkten völlig leblos. Er trug die gleiche Uniform wie die Jugendlichen. Als Tomoko sie näher betrachtete, sah sie, daß alle diese toten Augen hatten. Es waren sowohl Jungen als auch Mädchen; manche waren so alt wie CB, andere im Teenageralter oder Anfang Zwanzig.

Wieder nickte Lady Murasaki.

Sie stießen alle einen lauten Schrei aus, schrill und grimmig. Er hallte durch den Innenhof. Dann sangen sie eine Hymne. Sie konnte nicht alle Worte verstehen, aber es war ein Lobgesang auf die Visitors... und im besonderen auf Lady Murasaki.

Sie fand es abscheulich, aber sie sah weiter zu.

»Wie eine Zombiearmee«, flüsterte sie ehrfürchtig. »Eine Armee von Menschen, die ihre Seelen verloren haben.«

Ein Mann kam dazu und erteilte ein paar laute, schroffe Kommandos.

»O mein Gott«, stöhnte Matt plötzlich. »Das ist… das ist Kunio Yasutake!«

»Der große *Takodo*meister?« fragte Sugihara. »Sind Sie sicher, daß er das ist?«

»Natürlich, da bin ich ganz sicher. Er erzählte mir am Telefon, daß Ogawa ihm die Ehre erwiesen habe, ihn nach Japan einzuladen. Er sollte eine Vorführung seiner seltenen Kunst geben. Bestimmt hat er nicht gewußt, daß er hier eine Bande mörderischer Zombies trainieren soll!«

»Sie haben ihn konvertiert«, meinte CB wütend. »Ich erinnere mich, genauso hat Sean Donovan auch geguckt.«

»Was sollen wir jetzt machen?« fragte Tomoko.

Unten im Hof begannen die Jugendlichen mit dem Training. Ihre Bewegungen waren fließend, wirkten bedrohlich, sie machten alles gleichzeitig, ahmten Yasutake exakt nach. Es war ein langsames Ballett der Gewalt.

Lady Murasaki befahl ihnen aufzuhören. Sie gehorchten sofort und standen still. Sie schritt die Reihen ab, hin und her. Ihre Augen leuchteten. War es Lust? überlegte Tomoko und erinnerte sich an Fieh Chan. Oder war es Hunger? Sie wußte es nicht. Plötzlich blieb die Lady stehen und deutete auf einen Jungen – nicht älter als CB.

Zitternd trat der Junge vor.

Lady Murasaki klatschte wieder in die Hände.

Yasutakes Stimme schallte durch den großen Hof. »Heute werde ich euch eine neue Variante einer tötenden Bewegung demonstrieren. Beobachtet, übt, gehorcht.«

»Wir beobachten! Üben! Gehorchen!« antwortete die Armee im Chor.

Zum ersten Mal sah Tomoko so etwas wie Furcht auf dem Gesicht des Jungen. »Ich gehorche«, sagte er. Seine Stimme war kaum zu hören.

Dann veränderte sich sein Gesichtsausdruck, ernst und konzentriert machte er sich bereit, starr stand er in der Ausgangsposition des *Takodo* da. Einen Augenblick lang passierte gar nichts. Dann schien der Junge förmlich in einem Energiewirbel zu explodieren. Er stürzte sich auf Yasutake, ein Kriegsschrei drang aus seiner kindlichen Kehle.

Yasutake stand mit halb ausgestreckten Armen da, Fäuste und ·

Ellenbogen nach innen gerichtet. Seine Arme sahen aus, als ob er überhaupt keine Knochen hätte, so exakt imitierte er die Arme eines Oktopusses, von dem die Kampfsportart ihren Namen hatte. Als der Junge hochsprang, um ihn anzugreifen, machte Yasutake scheinbar ohne jede Anstrengung eine Wellenbewegung mit seinen Armen und zog den Jungen an sich. Alles geschah sehr schnell. Man hörte nur ein kleines krachendes Geräusch. Es dauerte einen Moment lang, bis Tomoko begriffen hatte, daß dem Jungen das Genick gebrochen war.

»Demonstration vorüber«, schrie Yasutake. »Nun werdet ihr alle folgende Bewegung üben...«

»Ich glaube, ich werde gleich verrückt«, stöhnte Tomoko.

»So geht es nicht«, meinte Sugihara und schüttelte traurig den Kopf. »Diese Kunst ist heilig. Und nicht für ein sinnloses Blutbad gedacht! Selbstverteidigung ist eine gute Sache, aber systematisches Töten nur zum Zwecke einer Demonstration...«

»Ich glaube, ich weiß, was Murasaki vorhat«, mischte sich Matt ein. »Dies hier ist ihr Kontingent, wenn die Laserladungen aus sind. Sie will regieren, egal ob mit oder ohne Mutterschiffe. Und mit einer Armee Seelenloser – einer Armee, die nicht zögert, sich selbst zu opfern –, einer Armee Konvertierter kann sie es schaffen.«

»Wir werden sie aufhalten«, rief CB. »Ich weiß zwar nicht wie, aber wir werden es.«

»Gut«, schlug Matt vor, »da CB und ich kein Japanisch sprechen, werden wir mal ein bißchen herumschnüffeln. Vielleicht finden wir unsere Freunde.«

»Und Tomoko und ich werden zu dem Bankett gehen, um herauszufinden, was genau in diesem Machtspiel geplant ist. Ah«, meinte Sugihara, als jemand leicht gegen den *Shoji* klopfte, »jemand kommt, um uns zu holen.«

Ein Diener trat ein und verbeugte sich.

Tomoko fragte: »Was wünschen Sie?« und bemühte sich, durch ihren synthetischen Sprechapparat autoritär zu klingen.

Der Diener erklärte: »Lady Murasaki bittet Sie, mir genaue Mitteilung zu machen, welcher Delegation Sie angehören. Und wie viele von Ihnen tatsächlich zu dem Bankett kommen werden.«

Tomoko spürte eine leichte Panik. Hatte man ihre Verkleidung durchschaut? Mit der Hand fuhr sie sich übers Gesicht und fühlte durch ihren Reptilienhandschuh die gefleckten Schuppen, die Setsukos Großmutter so sorgfältig auf die Dermoplastmaske drapiert hatte.

Sie konnte nichts sagen. Sugihara kam ihr zu Hilfe. »Richtet Lady Murasaki folgendes aus«, begann er, »wir sind Sondermitglieder der Seoul-Delegation, die sich in letzter Minute entschlossen haben zu kommen. Und jetzt stellen Sie uns gefälligst keine weiteren Fragen mehr – oder ich werde dafür sorgen, daß Sie höchstpersönlich auf dem Bankettisch enden werden! Wie auch immer, was die Teilnahme am Bankett betrifft, werden nur zwei von uns zum Essen erscheinen. Diese beiden da« – er deutete auf Matt und CB – »sind zweifellos von zu geringem Rang.« Er sprach so, als sei der Diener ein Narr, weil er das nicht gleich gemerkt hatte.

Dieser verbeugte sich eingeschüchtert und sagte: »Natürlich, Meister. Es tut mir leid. Manchmal ist es schwer für uns miserable Wesen, euch Meister auseinanderzuhalten…«

»Wir sehen alle gleich aus, eh?« entgegnete Sugihara in bedrohlichem Tonfall.

»So habe ich es nicht gemeint, Meister… ich wollte Sie nicht beleidigen…«

Der Diener verließ rückwärts den Raum, sich unablässig verbeugend.

»Jetzt, wo wir wieder alleine sind«, setzte Sugihara das Gespräch fort, »möchte ich Ihnen noch das Schloß etwas näher erklären, Matt. Die Kerker befinden sich… dort drüben.« Er zeigte über den Hof auf eine winzige Tür.

»Woher wissen Sie so viel über das Schloß?« wollte Matt mal wieder mißtrauisch wissen.

»Ich erzählte Ihnen doch, daß ich hier einmal Gefangener war. Die Konvertierungskammern sind in unmittelbarer Nähe der Kerker. Sie werden das schon herausfinden. Und nun der Bankettsaal…« Sugihara beschrieb den komplizierten Weg der Treppen und Gänge, den sie gehen mußten, um ihn zu erreichen. »Der Bankettsaal hat auch noch ein paar Geheimgänge. Einer liegt hinter dem Podest, von dem aus der Shogun hofhielt, und führt direkt hoch aufs Dach, wo normalerweise die Raumschiffe parkten. Hinter einer der beweglichen Wände gibt es eine Computeranlage, die das gesamte Schloß kontrolliert; fast die gesamte Elektrizität dieses Bezirkes ist hierher geleitet worden, damit sie laufen kann. Und nun versucht, die Großmeister zu finden und zu befreien – diejenigen, die sie noch nicht konvertiert haben –, damit sie uns helfen. Wir gehen inzwischen auf das Bankett. Dann werden wir wissen, was sie vorhaben. Ich habe den Eindruck, daß die obersten Visitors – diejenigen zumindest, die sich noch in diesem Teil der Welt aufhalten und nicht mit den Mutterschiffen geflohen sind – auf dem Bankett sein werden. Sie werden damit beschäftigt sein, die Erde aufzuteilen, wie ich sie kenne, um auf die Rückkehr der Mutterschiffe vorbereitet zu sein. Sie und Ihre Freunde, Matt, werden das Treffen unterbrechen und dann… nun, hier verliert sich mein Plan. Ich denke, von dem Zeitpunkt an sollten wir improvisieren.«

»Improvisieren?« wunderte sich Matt.

»Da wir noch keine weiteren Informationen haben, ist das alles, was mir im Moment dazu einfällt. Vielleicht können wir ihren Computer sabotieren.«

»Ich werde mal wieder etwas hacken«, freute sich CB.

»Genau«, kommentierte Sugihara.

»Ich habe Angst«, gab Tomoko zu. »Ich möchte Fieh Chan nicht noch mal begegnen. Er verwirrt mich so sehr.«

»Jeder von uns birgt etwas in seinem Inneren, dem er sich nicht gerne stellen will«, philosophierte Sugihara. »Haben Sie den Mut, sich dem zu stellen und es zu besiegen.«

»Mögen wir das alle haben«, sagte Matt leidenschaftlich.

Von draußen waren wieder Kriegsschreie zu hören. Matt schaute hinunter; Kunio Yasutake demonstrierte jetzt seine Übungen einer neuen Gruppe. Lady Murasaki war gegangen.

»Er war ein guter Mann«, erzählte Matt. »Und jetzt ist er so gut wie tot. Niemals will ich so werden. Lieber sterbe ich im Kampf. Wie Anne es tat. Wenn ich diesen Mann da unten sehe… sehe ich nur seinen Körper, ihn selbst sehe ich nicht, ich sehe nichts als eine leere Hülle. Und sie wollen, daß die ganze Menschheit so wird, nicht wahr?«

»Haben Sie je etwas von *preta-na-ma* gehört?« fragte Sugihara.

»Nein.«

»In Ihrer Sprache heißt das ›Frieden‹. Sie sind nicht alle so, Matt. Glauben Sie mir. Ihre Seelen sind schrecklich krank. Aber… in ihnen ist auch Gutes.«

»Erzähl das mal dem Jungen da unten, dessen Knochen der alte Kunio gerade gebrochen hat!« ereiferte sich Matt.

»Oder meiner Mutter!« fügte CB hinzu.

»Hört mal. Die Geschichte zeigt, daß es schon immer Zeiten gab, in denen die Intoleranz regierte, in denen Menschen – empfindende Menschen – andere ebenso empfindende Menschen peinigten und versklavten. Denkt an die Hexenverbrennungen! Die Inquisition! An den Holocaust der Nazis! War das weniger grausam als das da unten? Und dennoch ist die menschliche Rasse eine mitleidsvolle Rasse. Und gerade weil sie Mitleid so gut kennt, kennt sie auch die dunkle Seite… wißt ihr, was Anne Frank in ihr Tagebuch geschrieben hat? ›Ich glaube an das Gute in den Menschen.‹ Und wir alle wissen, was mit ihr geschehen ist…«

»Sie sind ein sehr gebildeter Mann«, mußte Matt zugeben. Obwohl er am Anfang nichts als Neid für Sugihara empfunden hatte, so hatte er jetzt Respekt vor diesem ewig geduldigen, im Sinne des ZEN stehenden alten Mannes. »Sicherlich wissen Sie viel über Geschichte und alles mögliche. Ich dagegen weiß nur eins – diese Echsen wollen mir meine Freiheit nehmen, und ich kämpfe darum, auch wenn ich dabei sterben muß. Für mich – für meine Frau – und für meinen Jungen.«

»Richtig so, Matt«, sagte CB bewundernd.

»Ich möchte Ihnen doch nur erklären, daß das *preta-na-ma*, die unterdrückte alte Religion der Visitors, ebenso wunderbar ist wie Ihre Zenphilosophie. Ich träume von dem Tag, wenn wir Frieden mit ihnen schließen werden. Denkt doch daran, wieviel wir einander auch geben können!«

»Hirngespinste, alter Mann«, erwiderte Matt. »Was mich betrifft, ich hasse es zu denken. Das ist wohl auch der Grund, warum mich Tomoko damals verlassen hat, huh?«

»Sie ist zu Ihnen zurückgekehrt«, erinnerte ihn Sugihara. »Alles wird besser werden, ich weiß es.«

»Dann hören Sie endlich auf, sie zu beeinflussen. Ich möchte aber auch, daß du eines weißt, Tomoko: Was immer du entscheidest, es ist für mich okay. Ich habe diese Entscheidung getroffen, als ich sah, wie du zu Sugiharas Füßen saßest und seinen Worten lauschtest. Es sind gute Worte, davon bin ich überzeugt. Und ich will dir nicht im Weg stehen. Ich war egoistisch, aber ich habe gelernt, daß das nicht der richtige Weg ist... Menschen zu lieben.«

Er sah Tomoko an. Sie hatte Tränen in den Augen. Sie flossen aus der Maske heraus, aus den gelben Alienaugen, die gummiartige künstliche Haut herunter. »Bitte weine nicht«, flüsterte er. »Du verschmierst die Malereien von Setsukos Großmutter.«

Sie weinte dennoch weiter. Ob sie ihn wirklich liebte? Er wußte es nicht. Aber wenn er schon für die Freiheit kämpfen wollte, dann mußte er auch Tomoko ihre Freiheit zugestehen. Egal, was für Konsequenzen das haben sollte.

Sie entschieden, daß Tomoko, da sie keine Kampfsportart gelernt hatte, die letzte geladene Laserwaffe haben sollte. Sie paßte leicht in eine Tasche ihrer Kleidung.

Dann überprüften sie noch einmal ihre Visitorkleidung und trennten sich; Sugihara und Tomoko, um der Einladung zum großen Bankett zu folgen, CB und Matt, um die Kerker des Osaka-Schlosses zu stürmen.

Kapitel 23

Langsam füllte sich der Bankettsaal, den Murasaki ganz im traditionellen japanischen Stil ausgestattet hatte, mit Gästen. Ein einziger langer, niedriger Tisch bot ein paar Dutzend Gästen Platz. Silberne Kissen, mit Rosenblättern gefüllt und mit dem Visitorsymbol bestickt, waren rund um den Tisch plaziert. Murasaki selbst saß am Kopfende des Tisches vor dem Podest und dem riesigen aufgeklappten Paravent, der den Eingang zum Zentralcomputer des gesamten Schloßkomplexes verbarg.

Sie sah Wu Piao und eilte herbei, um ihn zu begrüßen.

»Ah, da sind Sie ja endlich«, begann sie. »Ich habe schon so sehr auf Ihre Ankunft gewartet.«

»Wie schön, Lady Murasaki«, antwortete Wu Piao gereizt. »Aber Sie haben mir versprochen, daß Fieh Chan höchstpersönlich zu diesem Treffen erscheinen würde, und ich sehe ihn nirgends! Darüber wundern sich übrigens alle Gäste, mit denen ich gesprochen habe.« Nachdrücklich runzelte er seine schuppige Stirn. Seine Zunge schoß heraus, um eine Libelle zu erhaschen. »Ich werde Ihnen zuvorkommen«, versprach er ihr. »Schon immer war ich schneller als Sie, schon als wir noch Studenten waren und gemeinsam die Kriegsakademie besuchten.«

»Erinnern Sie mich bitte nicht an Ihre mißratene Jugend«, entgegnete sie. »Außerdem werden unsere Positionen bald so unterschiedlich sein, daß sich irgendeine Art von Verbundenheit sowieso erübrigt...«

»Ha! Sie erwarten eine Beförderung, nicht wahr, noch heute nacht?« Wu Piao ließ sich auf einem der weichen Kissen nieder.

»Ganz ruhig, Wu Piao. Wenn Sie in meinem Sinne handeln, werde ich zulassen, daß Sie schnell in der Rangfolge aufsteigen – z. B., wenn Sie mir sexuell gefallen.«

»Ich glaube, Sie haben sich den Menschen mehr angepaßt, als Sie vermuten, meine liebe Murasaki. Wie manche Menschen z. B. in Hollywood prostituieren Sie sich für die Karriere.«

»Nehmen Sie sich in acht, Wu Piao!« zischte Murasaki und ließ sich eher plump auf ihrem Polster nieder.

Plötzlich erregte etwas ihre Aufmerksamkeit. »Schauen Sie mal, die beiden dort!« Sie zeigte auf ein Paar, das am entgegengesetzten Ende des Tisches saß, der eine als Mann und der andere als Frau gekleidet. »Ihre Gesichtsfarbe erscheint mir merkwürdig fahl. Finden Sie nicht auch, daß ihre Schuppen herunterhängen, als könnte man sie abziehen? Und überhaupt, wer sind die eigentlich?«

»Ich kenne sie nicht«, meinte Wu Piao, nachdem er die beiden genauestens betrachtet hatte, die sich ruhig miteinander unterhielten und sich nicht an der Konversation der anderen beteiligten. »Sie sind wirklich ziemlich sonderbar. Ich denke, Sie haben sich persönlich um die Einladungen gekümmert. Oder etwa nicht?«

»Ja, natürlich, aber wie Sie sich erinnern, gab es eine Klausel, die besagte, daß alle anderen Visitor-VIPs, die hier gestrandet sind und es rechtzeitig bis zum Osaka-Schloß schaffen, generell eingeladen sind. Ich wollte, daß das hier eine Siegesfeier wird und daß sich niemand verletzt fühlt und...«

»Das erinnert mich an eines ihrer Märchen, in dem man vergessen hat, eine böse Fee aufs Schloß einzuladen. Aber Sie haben ihre Kultur nicht so intensiv studiert wie ich. Unreifes, faszinierendes Zeug – manchmal ungewöhnlich, zumal es eine verzerrte Imitation unserer eigenen hohen Kultur zu sein scheint.«

Jetzt wurde das Hors d'œuvres den Gästen serviert. Es war eine Art gelatinierter Brühe, in der Amphibien schwammen, und ein eisgekühlter Blutcocktail; nicht gerade sehr phantasievoll, dachte Murasaki, aber perfekt zubereitet. Die Küchenchefs, die sie hatte konvertieren lassen, wurden langsam Meister in der Zubereitung saurischer Speisen...

»Wissen Sie«, bemerkte sie, nachdem sie die Gäste noch einmal gründlich beobachtet hatte, »je länger ich sie mir anschaue, desto merkwürdiger erscheinen sie mir. Fällt Ihnen eigentlich auf, wie seltsam sie das Essen anstarren? Wie beleidigend! Sie scheinen es fast zu verachten... und sie rühren es kaum an.«

»Seien Sie nachsichtig«, meinte Wu Piao. »Sie haben doch so allen Grund zur Freude, oder etwa nicht?«

»Da haben Sie zweifellos recht«, stimmte ihm Murasaki zu. Aber sie hörte nicht auf, irritiert die beiden Fremden zu beobachten. Irgend etwas stimmte nicht mit ihnen. Einen Moment lang vermutete sie, daß es sich um einen Anschlag Fieh Chans handelte – aber das war doch unmöglich! Nicht heute nacht, nicht in ihrer größten Nacht!

Lady Murasaki klatschte in die Hände und bat um Ruhe. »Zeit für eine Ansage«, erklärte sie.

Schuppige Gesichter drehten sich um und schauten zum Kopf des Tisches.

»Ich habe Ihnen allen eine große Neuigkeit mitzuteilen«, begann Murasaki. »Aber zunächst laßt uns über die Thermaldruckhäute sprechen, die wir alle im Moment tragen. Wir werden sie bald nicht mehr brauchen.«

Verblüffung machte sich unter den Gästen breit.

»Unsere Untersuchungen haben ergeben, daß in bestimmten Teilen dieses Planeten der Toxinspiegel drastisch gesunken ist. Wie statistisch festgestellt wurde, scheint dies besonders in Gebieten der Fall zu sein, in denen es keinen harten Winter gibt. Das heißt, daß wir schon bald wieder Teile dieses Planeten für die Kolonisierung freigeben werden. Dann werden die Mutterschiffe zurückkehren können, und meine Kaufhäuser voll konserviertem Fleisch werden bald wieder leer sein. Ruhmreich wird man mir danken... und gewiß werde ich bald eine höhere Position einnehmen!«

Vereinzelt wurde applaudiert.

»Aber wir wissen noch nicht, wie lange es dauern wird, bis die Mutterschiffe zurückkehren können. In der Zwischenzeit schwinden unsere Waffenvorräte. Aber zweifellos haben Sie vom Training meiner neuen Truppen gehört. Ich nenne sie die Armee ohne Seelen.«

»Wunderbar, wie wunderbar!« hörte sie jemanden rufen.

»Ich habe meine Armee gebeten, uns ein paar Freiwillige zu unserer Unterhaltung zur Verfügung zu stellen.«

Die *Shojis* wurden beiseite geschoben, und man sah zwei schlanke, gut eingeölte junge Männer. Sie traten vor und verneigten sich schneidig vor Lady Murasaki. Wachen legten Matten auf den *Tatami*boden; die beiden Männer stellten sich wartend in einander gegenüberliegenden Ecken auf.

»Das sind zwei unserer jungen Konvertierten«, erklärte Murasaki. »Sie kämpfen heute für das Privileg, heute nacht *nicht* die Hauptmahlzeit zu sein. Ist das nicht eine köstliche Auffassung? Und sie werden uns etwas von ihrem Können zeigen, das ihre Lehrer ihnen beigebracht haben; Lehrer, die unter großem Aufwand aus dem fernen Amerika hergeschafft wurden! Aber bevor sie zu kämpfen beginnen, eine letzte Überraschung. Allerdings ein trauriger Anlaß.«

Wieder klatschte sie in die Hände. Ein *Gagaku*-Musikensemble begann eine klagende Todesmelodie zu spielen: Bläser und Querflöten wimmerten, Trommeln schlugen dumpf. Einige von Murasakis konvertierten Dienern traten ein und hielten über ihren Köpfen ein großes Serviertablett, auf dem eine kleine Jadeurne stand. Sie stellten die Urne neben ihr ab, und ehrfurchtsvoll nahm sie sie und hob sie hoch.

»Leider«, jammerte sie, »ist das hier die traurige Nachricht.« Aber viel Melancholie schwang nicht in ihrem Tonfall mit. »Wie Sie sich erinnern, waren wir an dem Tag, als der rote Staub das erste Mal diesen Teil des Planeten erreichte, nicht besonders gut vorbereitet. Viele von uns mußten sterben. Diejenigen, die rechtzeitig über eine Thermaldruckhaut verfügten, überlebten selbstverständlich. Ich wünschte, ich könnte das auch über unseren ruhmreichen Führer Fieh Chan sagen, der schließlich der Erfinder war und es dadurch ermöglicht hat, daß wir immer noch, wenn auch nur wenig Einfluß auf dieser Welt haben. Aber Fieh Chan konnte den Erfolg seiner Erfindung nicht mehr miterleben. Ich wollte seinen traurigen Tod nicht eher bekanntgeben, da ich fürchtete, daß unter unseren Leuten Panik ausbrechen würde; ich wollte warten, bis wir wieder eine starke Machtbasis haben. Diese Urne enthält alles, was von ihm übriggeblieben ist... fast nicht mehr zu identifizieren, nachdem der rote Staub ihn getroffen und endgültig vernichtet hat.«

Tiefes Schweigen. Sie sah, wie überrascht Wu Piao guckte, und konnte kaum ihre Freude verbergen. Ihr Trick war gelungen! Sie riß sich zusammen und fuhr fort: »Natürlich mußte ich auch warten, bis die wichtigsten Überlebenden in einem Raum versammelt waren, um sicherzugehen, daß niemand mein Recht in Frage stellen würde, das höchste Kommando über das Osaka-Schloß – den Kontrollsektor unseres Imperiums – zu übernehmen!«

Die Gäste schauten jetzt einander an. Voller Freude beobachtete sie ihre Verwirrung. Langsam wanderte ihr Blick von einem zum anderen. Sie waren zu erstaunt, um überhaupt etwas zu sagen. *Wie dumm sie sind!* dachte sie. *Genauso schwachsinnig wie diese menschlichen Kreaturen.* Schließlich rief einer von ihnen ziemlich mißmutig: »Lang lebe Murasaki, unser neuer Kommandeur!«

Einer nach dem anderen ließ sie jetzt hochleben. Viel Enthusiasmus lag nicht darin, bemerkte Murasaki, aber sie erinnerte sich, während sie den beiden jungen Männern zuwinkte, mit dem Kampf zu beginnen, daß ein Tyrann der Erde einmal geäußert hatte: »Laß sie dich hassen, solange sie sich vor dir fürchten.«

Kapitel 24

»Psst!« flüsterte CB. »Wir wecken ja alle auf!«

»Nein... na ja, man erwartet doch von uns... Man erwartet, daß wir uns hier so bewegen, als ob wir alles ganz genau kennen würden, stimmt's?« Bleib cool, sagte sich Matt selbst die ganze Zeit. Er schwitzte entsetzlich unter der dunklen Kleidung; es war ein schwüler Abend. »Glaubst du, daß der Heimatplanet der Aliens wärmer ist als unserer?«

»Vermutlich. Oder sie haben vergessen, die Klimaanlage einzuschalten. Puh!«

»Hier, ich glaube, Sugihara hat gesagt, wir sollen hier entlanggehen. Links.«

Sie liefen durch Flure mit Bambuswänden. Teilnahmslose Wachen ließen sie vorbei. »Die Kerker... sie müssen gleich hier unten sein«, flüsterte Matt. »Schau mal, dort im Boden sind Türen.« Stolz schritt er auf die Wache zu und deutete befehlend auf die Tür, innerlich betend, daß sie gehorchen würde.

Sofort drückte die Wache auf einen Knopf; die Tür hob sich; und Matt sah abgetretene Holzstufen, die in einen feuchten, modrigen Raum hinunterführten.

Stöhnen... und... war das nicht das Klirren von Ketten?

»Ich komme mir vor wie in einem Horrorfilm«, flüsterte CB. »Scheint so.«

Sie gingen hinunter. In jedem der Gänge standen die Konvertierten, die Lady Murasakis Armee der Seelenlosen ausmachten... sie warfen sich alle zu Boden, sobald sie die beiden sahen, in dem Glauben, es handele sich um Meister. Verzweifelt rissen sie an ihren Ketten und versuchten, den Meistern die Füße zu küssen. Mit gebrochenen Stimmen priesen sie sie. Obwohl Matt nicht verstand, was sie sagten, war ihr Tonfall unmißverständlich. Ihm wurde übel.

»Hey, Matt, schau doch mal hier!« CB war außer sich vor Aufregung. »Hier in diesem Raum...«

Matt folgte seiner Geste. Er schaute hinein. Drinnen war ein Mann an ein teuflisches Gerät angeschlossen, aus dem blaue Flammen und Lichtblitze zuckten. Die Ziffernskalen drehten sich wild, und der Schalthebel war ganz oben... »Diesen Mann kenne ich«, rief Matt, »obwohl... so niedergeschlagen, so gebrochen habe ich ihn noch nie gesehen... er sieht aus, als ob er sich inmitten eines Alptraumes befinden würde.«

Der Mann wehrte sich mit aller Kraft gegen die Folter und schrie: »Niemals! Niemals!« Aber er schien schon sehr schwach zu sein.

»Er spricht Englisch!« ereiferte sich CB.

»Es ist Rod... Rod Casilli«, stöhnte Matt. »O nein... ich hoffe, es ist noch nicht zu spät...«

Rod schaute herüber und sah sie beide in der Tür stehen. »So, da seid ihr also wieder«, sagte er, aber kaum hörbar. »Ihr wollt mich also weiterquälen... aber ich werde niemals aufgeben, niemals! Besonders jetzt, wo ich weiß, was mit Matt passiert ist!«

Matt ging näher zu ihm hin. Mit letzter Kraft richtete Rod sich auf und spuckte ihn an.

»Hey, komm schon, Mann«, meinte Matt. »Das ist doch nur meine Verkleidung...«

»Da kommen sie«, rief CB. »Schnell! Offiziell sind wir doch Echsen!«

»Beeil dich, Rod, du mußt mir helfen... ich weiß nicht, was uns hier unten noch erwartet!« stieß Matt hitzig hervor, während man draußen im Gang die schweren Schritte von Alienstiefeln hörte.

Rod schien jetzt völlig verwirrt. Endlich sagte er: »Ich gebe nicht auf! Niemals wird es euch gelingen, mich zu konvertieren, niemals! Ich werde eure Armee ohne Seelen nicht trainieren. Lieber sterbe ich.«

»Sieht aus«, meinte CB, »als ob das hier eine Konvertierungs-kammer ist. Nun gut, laß uns erst mal diese Elektroden entfernen.« Er ging zu Rod und begann die Drähte um seinen Körper abzureißen.

»Hey, sei vorsichtig! Woher willst du denn wissen, ob sie nicht überlebenswichtig sind?«

»O Matt... habe ich jemals schon etwas falsch gemacht?«

»Matt... bist du das wirklich?... Aber... du trägst... du siehst aus wie einer von *ihnen!*« keuchte Rod.

»Wir haben keine Zeit, das jetzt näher zu erklären. Los, schrei weiter!«

Und Rod stöhnte wieder und stieß seine Flüche aus.

Die Wachen blieben hinter Matt und CB stehen. Sicherlich verstanden sie kein Englisch. Aber sie machten Matt nervös. CB tat so, als ob er die Hebel höher einstellen würde, obwohl nichts mehr daran angeschlossen war. Ab und zu stieß er, wie Matt es schien, extrem sadistische Schreie aus.

Eine der Wachen kläffte etwas völlig Unverständliches. Jetzt war der Augenblick gekommen! Matt drehte sich um und sah ihn an, dann stellte er sein Stimmgerät so hoch ein, wie es ging, und sagte: »Ich bin vom englischsprechenden Trainingspersonal und wurde extra hierhergebracht, um diesem amerikanischen Gefangenen Fragen zu stellen. Könnte ich jetzt mit meiner Aufgabe fortfahren, und zwar in der offiziell mir angetragenen Sprache?«

Die Wache blickte die beiden verwundert an, dann zuckte er die Achseln. Ein zweiter, der wohl etwas Englisch konnte, sagte: »Irgendwie seht ihr seltsam aus.«

Die erste Wache bemerkte, daß die Elektroden nicht mehr an dem Kampfsportmeister befestigt waren. Wütend deutete er darauf und begann CB zu beschimpfen.

»Hier geht gar nichts mehr!« schrie CB und schlug dem Alien kräftig gegen den Kiefer. Verwirrt kam der andere näher, um zu sehen, was passiert war, als sich Rod von den restlichen Drähten befreite und auf ihn lossprang. Der Lärm alarmierte andere Wachen. Aus allen Richtungen hörten sie Getrappel und Gerassel. Die Wache, die CB niedergeschlagen hatte, kam jetzt wieder hoch und rieb sich den Schädel. Matt beeilte sich, ihn wieder k. o. zu schlagen.

»Hier entlang!« schlug Rod vor und deutete auf einen niedrigen Durchgang gleich hinter dem Konvertierungsgerät.

»Aber das führt tiefer ins Schloß hinein…«, gab CB zu bedenken.

»Nun, ich denke, das ist besser, als rauszugehen und gegen Hunderte wütender Saurier zu kämpfen, oder nicht? Kommt schon. O Gott, ich fühle mich wie das Frankenstein-Monster«, sagte er und rieb seinen Körper. Er entfernte die letzten Drähte, die noch an seinen Gliedern und seinem Torso hingen.

»Also gut. Dann los«, rief Matt.

Sie krochen in den Durchgang. Als sie drinnen waren, nahm Rod einen gefalteten Wandschirm von der Wand und verschloß damit den Eingang. »Durch diesen Gang ist Murasaki immer gekommen, um mir Fragen zu stellen«, erklärte er krächzend. Auf beiden Seiten des Durchganges tropfte Wasser von den Wänden… er war so niedrig, daß sie fast kriechen mußten. Bald kamen sie an Fenstern vorbei, durch die man in andere Kerker blicken konnte… es war also eine Art Kontrollgang, von dem aus die Visi-

tors die Foltern und Verstümmelungen beobachten konnten…
Matt sah die stumpfen Augen und leeren Mienen der Gefangenen,
und er wußte, daß sie alle konvertiert waren, alle, alle… planten sie
etwa, das mit ganz Japan zu machen? Oder mit der ganzen Welt,
falls die Mutterschiffe zurückkehren sollten?

»Hört mal«, sagte Rod. »Sie sind schon hinter uns her.«

»Aber sie können ja hier nur einzeln durchkommen.«

»Schaut mal… noch mehr Leute, die wir kennen«, brüllte CB
und zeigte durch das Gitter auf zwei, die Lex Nakashima und Kunio Yasutake zu sein schienen.

»Okay.« Matt lauschte. »Sie kommen von beiden Seiten. CB, du
bleibst in der Mitte und versuchst, die Gitter zu lösen.«

»Ja, Matt.«

Als er seinem alten Freund Rod den Rücken kehrte, sah Matt den
ersten kommen. Aber nur die Augen waren zu erkennen, denn die
Aliens trugen alle diese Ninjauniformen; wie glühende Kohlen
brannten die Augen im Dunkeln. Matt schwang sich an einem Rohr
über seinem Kopf hoch und machte sich sprungbereit, dann trat er
dem Alien mit seinen Füßen ins Gesicht. Er spürte, wie dieser auf
die hinter ihm Kommenden fiel, und hörte das schon bekannte Geräusch des austretenden Gases, das den Zusammenbruch der
Schutzdruckhaut des Sauriers ankündigte. Ein zweiter kletterte
über den siedenden Körper seines Vorgängers hinweg. Matt wich
einem Schlag aus, wirbelte herum, um den Alien zu Fall zu bringen,
und stand einem anderen gegenüber, dem es gelungen war, Rods
Angriff auszuweichen – »Nimm du ihn dir für mich vor!« brüllte
Rod. Matt tötete ihn mit einem Schlag in den Nacken. »Nur wenn
du *den* hier erledigst«, gab er zurück, als der eine, den er versucht
hatte zu erledigen, es geschafft hatte, unter seinen Füßen durchzu-
kriechen, und jetzt versuchte, Rod zu erwischen. Matt hatte keine
Zeit zu beobachten, was Rod tat… er hatte alle Hände voll zu tun,
denn immer noch mehr Ninjas kamen den Durchgang herunter.

»Es ist offen!« gellte CB triumphierend. Das Gitter fiel hinunter
auf den Steinboden, und die Gefangenen sprangen eilig beiseite.

»Springt!« brüllte Matt.

Und das taten die drei sofort. Die Gefangenen, die dachten, CB
und Matt seien hohe Echsenherren, verneigten sich kriecherisch
vor ihnen.

»Das hier sind doch alles Konvertierte, nicht wahr?« fragte Matt. »Sie tun alles, was ich ihnen sage.«

»Das ist *die* Idee«, meinte Rod.

»Ich habe auch einen Plan.« Und barsch fragte er die Gefangenen: »Nun, wer von euch spricht Englisch?« Er benutzte seinen Stimmapparat, um eine größere Wirkung zu erzielen.

»Ich, Meister«, sagte einer... o Gott, es war Yasutake! Und Yasutake erkannte ihn nicht wieder.

»Hört zu. Diese Aliens dort oben haben Böses im Sinne, hört ihr? Sie planen... eine Revolte gegen die ordnungsgemäße... Ethik unserer Saurier-Gemeinschaft. Wir sind gerade auf dem Weg, um Lady Murasaki von diesem schockierenden Komplott Bericht zu erstatten. In der Zwischenzeit müßt ihr sie aufhalten, bis Hilfe da ist... tötet sie, wenn es nötig sein sollte!«

»Aber... sie sind doch auch Meister...«

»Gehorche!« brüllte Matt in so schrillem Tonfall, daß selbst CB fast aus der Haut fuhr.

»Nicht schlecht, dein Rollenspiel, Mann«, flüsterte CB bebend.

»Da kommen sie.« Die Ninjaverfolger, die gemerkt hatten, daß die drei hinuntergesprungen waren, sprangen jetzt ebenfalls einer nach dem anderen in den Raum.

Einige der Gefangenen waren aufgebracht und verwirrt, als Yasutake ihnen Matts »Befehle« erklärte. Einige waren so perplex, daß sie gar nicht mehr handelten... aber ein paar schienen überzeugt zu sein. Sie begannen die Angreifer mit methodischen, beinahe schlafwandlerischen Bewegungen einzukreisen.

»Jetzt sollten wir aber lieber von hier verschwinden, bevor sie uns fangen«, schlug Rod vor. »Ich kann es immer noch nicht glauben, daß das einmal unser Freund war... nun gut«, sagte er kopfschüttelnd, als sie einen leeren Korridor betraten, an dessen Ende Treppenstufen aus dem Keller hinausführten. »Und jetzt, glaube ich, ist es Zeit, daß ihr mir endlich erzählt, was zum *Teufel* ihr hier eigentlich in dieser lächerlichen Reptilienverkleidung macht?«

Aus dem Kerker hörten sie die Kampfgeräusche, während Matt Rod eine Kurzfassung der Ereignisse gab, von dem Moment an, wo sie das letzte Mal miteinander telefoniert hatten. »Und jetzt«, endete er, »sitzen Sugihara und Tomoko vor den Echsen und können jeden Moment entdeckt werden...«

»Warte mal... hast du Sugihara gesagt? Der große Schwertmeister Kenzo Sugihara? Er ist tot... ich hörte, er hat Selbstmord begangen.«

»Ja, ich weiß«, stimmte ihm Matt zu. »Er ist ein Schüler von ihm... der seinen Namen angenommen hat.«

»Sugihara hatte nie Schüler«, erklärte Rod. »Daher kannten ihn ja so wenig Menschen. Es gibt das Gerücht, daß er einen einzigen hatte... einen der höchsten in der Echsenhierarchie! Du glaubst doch nicht etwa...«

»Nein. Das kann nicht sein«, sagte Matt ungläubig. Aber die Furcht hatte ihn die ganze Zeit über nicht losgelassen. »O Gott. Es darf nicht wahr sein.«

»Ich sag' ja auch nicht, daß es so sein muß. Außerdem hat der Bursche euch schließlich geholfen, oder etwa nicht?«

»Aber sie sind nicht aufrichtig.«

»Manchmal ist dein Fremdenhaß zu groß, Matt Jones. Aber jetzt komm, wir müssen uns schließlich befreien. Und dazu sollten wir zunächst einmal eine Armee haben.«

»Eine Armee?« fragte CB.

»Sicher. Wir gehen in alle Gefangenenzellen... und erzählen ihnen die gleiche Geschichte... von der Konterrevolution der Aliens, der Bedrohung unserer gemeinsamen Sache. Richtig? Zum Teufel noch mal, mit dieser Verkleidung und diesem Sprechapparat wirkst du so böse, daß dich deine eigene Mutter getötet hätte. Menschen, die man einer Gehirnwäsche unterzogen hat, sind sehr leicht zu beeinflussen, und wenn es dir gelingt, ungefähr so zu klingen, wie sie es von ihren Echsenmeistern gewohnt sind, dann haben wir eine Chance.«

»Und die Wachen?«

»Mit ein paar Wachen werden wir schon fertig werden«, meinte Rod grimmig. »Ich hätte Lust, ihnen mal ein paar *Ikakujitsu*tricks zu demonstrieren.«

»Okay. Gehen wir. Eins, zwei, drei Kerker liegen zwischen uns und der Treppe. Glaubst du wirklich, daß ich sie überzeugen kann?« fragte Matt.

»Wir müssen es versuchen«, schlug Rod vor. »Es ist alles, was wir tun können.«

Sie gingen in die erste Zelle. Es gab keine Wache dort; anscheinend waren sie der Meinung, daß man die Konvertierten sich selbst überlassen konnte, so sicher waren sie sich ihrer. Aber das war ihr größter Fehler, dachte Matt; die Überzeugung, außergewöhnlich zu sein, machte sie förmlich blind und unfähig zu erkennen, wie genial Menschen sein konnten.

Als sie ihn sahen, verbeugten sie sich wieder kriecherisch. Dann begann Matt, Englisch mit ihnen zu reden. Einer von ihnen übersetzte. Matt dachte: *Ganz tief unten im Herzen dieser Menschen muß es doch noch etwas geben, das diese Monster nicht erreicht hat. Sie wagten nicht, sich das einzugestehen... aus Angst vor Selbstbestrafungsmechanismen, die die Gehirnwäsche bei ihnen ausgelöst hatte... aber sie wollten es, in Wirklichkeit wollten sie es. Hoffentlich kann ich die richtigen Sätze finden, hoffentlich klinge ich wirklich wie ein Echsenmeister...*

Ob es klappen würde? »Ich erteile euch folgenden Befehl! Helft mir, unser Imperium vor diesen Dissidenten zu schützen. Laßt sie spüren, daß unsere Macht uneinnehmbar ist!« *Gott, ich höre mich an wie der Bösewicht aus einem alten Kinofilm,* dachte er. Aber vielleicht war das genau das Richtige, bedachte man, was die Echsen diesen Gehirnen eingepflanzt hatten...

Einer nach dem anderen der Konvertierten gab nach. Einige, offensichtlich schizoid, da sie jetzt genau entgegen ihrer Konditionierung handeln sollten, schritten nervös auf und ab, bemüht, ihre Gedanken zu entwirren. Andere fingen sofort an, enthusiastische blutrünstige Kampfrufe auszustoßen, und griffen sich Bambusschwerter und andere Waffen.

»Folgt mir! Folgt mir!« brüllte Matt, während er sich auf den Weg zur nächsten Zelle machte und zur nächsten...

Und schließlich drangen sie in den Haupthof des Schlosses... Matt an der Spitze einer verwirrten, aber blutrünstigen Armee.

Kapitel 25

»Sie haben uns entdeckt. Ich bin *sicher*, daß sie was gemerkt haben!« flüsterte Tomoko Sugihara zu. »Aber was hat sie überhaupt gesagt?«

»Sie sagt, daß diese Urne da die Überreste von Fieh Chan enthält«, erklärte Sugihara, während das Reptil am Kopf des Tisches seine feierliche Rede fortsetzte. Immer wieder wurde neues Essen aufgetragen, Aperitifs und kleine Leckereien, die Tomoko gar nicht näher betrachten wollte; statt dessen schaute sie sich um und hinter sich hinaus aus einem riesigen Erkerfenster, das von einer kleinen Brüstung umgeben war.

»Glauben Sie, daß es wahr ist?«

»Ich weiß es nicht«, antwortete Sugihara.

Tomoko fühlte sich sehr unwohl. »Und warum starren sie uns die ganze Zeit an?« fragte sie plötzlich. »Sehen wir irgendwie doch anders aus? Ich weiß nicht, wie lange ich das hier noch aushalte.«

»Es ist alles in Ordnung. Aber jetzt... müssen Sie sich zusammenreißen. Ich glaube, sie bringen jetzt den Hauptgang.«

Heiseres Gejohle brach aus, das bei diesen Kreaturen Lachen sein sollte... und eine riesige Platte wurde hereingefahren, und es roch verdächtig wie... gebratenes Schweinefleisch... Schwein, Schwein, wo hatte sie nur den Ausdruck »langes Schwein« schon gehört? War es nicht in einem ihrer ersten Anthropologieseminare gewesen, als sie Kannibalismus abgehandelt hatten und Professor Schwabauer den Studenten erklärt hatte, daß man in einigen Teilen der Welt Menschenfleisch als »langes Schwein« bezeichnet? Und daß es bei einigen Rassen als die größte Delikatesse galt? Sie wußte, daß es sie nicht schockieren würde, wenn sie ihren analytischen Verstand bewahrte und sich vorstellte, Feldstudien zu betreiben, verkleidet als Alien, um ihre Kultur zu untersuchen... als die Speisen aber auf den Tisch gestellt wurden, rebellierten ihre Sinne. Sie versuchte, den Brechreiz zu unterdrücken... obwohl sie wußte, daß der Geruch nicht unbedingt unangenehm war, sondern fast... delikat.

Der Saurier rechts von ihr sprach sie an, und sie antwortete auf japanisch. »Oh? Sie sprechen gern diese menschliche Sprache?« wunderte er sich. Er war schon älter; seine Wangen hingen schlaff herunter, und seine Schuppen schienen ihren Glanz verloren zu haben. »Sehr gut. Ich setze langsam Rost an, und es wird weiterhin notwendig sein, sich mit dieser unangenehmen Sprache auseinanderzusetzen, selbst nach der Rückkehr der Mutterschiffe.«

»Ah«, meinte Tomoko und nickte verständnisvoll.

Jetzt wurde die verschlossene Platte in ihre Richtung geschoben. »Das wird Ihnen gefallen«, meinte der Saurier. »Sie suchen immer jemanden aus, und in diesem Fall…«

Jetzt wurde der Deckel hochgenommen.

Sie kannte den Mann! Es war Kippax, John Kippax. Er war einer von Matts besten Freunden gewesen und war zu diesem verhängnisvollen Turnier erwartet worden. Das war zuviel für sie. Sie konnte nicht mehr. Ein schriller Schrei entwich ihren Lippen.

Alle drehten sich zu ihr um und starrten sie an.

»Na, jetzt ist gleich der Teufel los!« bemerkte Sugihara cool. »Machen Sie sich schon mal bereit…«

In diesem Augenblick…

…hörte man laute Schreie draußen auf dem Hof. Dann hallende Schritte… *Banzai*rufe und furchteinflößende Kriegslieder.

Eine Dienerin stürzte in den Raum und warf sich Murasaki zu Füßen. »Sie greifen uns an, meine Dame, ich weiß nicht warum, aber sie greifen uns an…«

»Was! Ich habe für heute nacht keine weitere Demonstration befohlen. Das soll erst morgen stattfinden!« schrie Murasaki außer sich vor Wut und zog eine kleine Peitsche aus ihrem Kimono, mit der sie auf die unglückliche Dienerin einschlug. »Sag ihnen, daß sie sofort damit aufhören sollen, hast du verstanden? Sofort! Oder du wirst heute nacht unser Dessert sein!«

»*Tono,* das ist keine Demonstration, sondern ein Angriff auf *Euch!* Sie sind schon auf dem Weg in den Bankettsaal…«

»Welche Impertinenz! Aber wie können sie uns angreifen? Es sind doch konvertierte Wesen… zwar noch keine Reptilien, aber auf jeden Fall keine richtigen Menschen mehr!« Und plötzlich schoß ihre Zunge heraus und spritzte Gift auf das Gesicht der Dienerin, die aufheulend auf den Tatamiboden fiel.

Murasaki rannte zum Fenster, um hinauszusehen. Die anderen Gäste ließen ihr Essen stehen, erhoben sich erregt von ihren Plätzen und drängten sich umeinander… ihr schwüler Geruch stieg Tomoko in die Nase, wie der Gestank von Raubtieren. »Es ist wahr!« rief Murasaki. »Ruft sofort meine Ninjas zusammen!«

Im ganzen Schloß wurde Alarm geschlagen. Scheinwerfer tauchten den Hof in grelles Licht. Tomoko beobachtete Lady Murasaki, die vor dem Fenster stand und über die Brüstung schaute. Murasaki sah blendend aus in ihrem glitzernden vielfarbigen Kimono; ihr schuppiges Gesicht leuchtete im Glanz des Lichts, das vom steinernen Hof unten heraufschien. Tomoko ging noch näher zum Fenster und sah eine Truppe Ninjas, die sich aus Fenstern, Dächern und Balkonen lehnten. Ein Schwall von Pfeilen schoß durch die künstlich beleuchtete Nacht.

Jetzt kamen sie aus den Kerkern... waren das nicht Matt, CB und... Rod Casilli? Wie viele von den anderen gefangengehaltenen Kampfsportexperten hatten sie wohl befreien können? Hinter ihnen marschierte die Armee der Konvertierten; Tomoko sah an ihren Augen, daß sie es nicht freiwillig taten.

Matt sprang hoch und griff die Pfeile mit seinen Händen und Zähnen, bündelweise fing er sie aus der Luft... ein uralter Ninjatrick, den Tomoko noch nie zuvor gesehen hatte. Dann stürmte seine Armee vorwärts und begann einen Nahkampf mit Murasakis Ninjas.

Sie stand jetzt so dicht hinter Murasaki, daß sie fast ihre Ellenbogen berühren konnte...

»Jetzt!« brüllte Sugihara auf Englisch. »Pack sie!«

Tomoko zog die Laserpistole aus einer Tasche ihres Kimonos und preßte sie hart in Murasakis schmalen Rücken.

Murasaki schrie etwas Unverständliches.

»Hör mir zu«, sagte Tomoko scharf. »Weg vom Fenster. Lehn dich gegen die Wand.« Und lauter teilte sie den anderen mit: »Ihr anderen, ebenfalls an die Wand.« Inzwischen hatte Sugihara sein Schwert und seine Laserpistole rausgezogen und drückte die Aliens in eine Ecke und bewachte sie.

Außer sich vor Wut brüllte Murasaki: »Was soll das heißen? Ein Aufstand aus den Reihen meiner eigenen Untergebenen? Was soll das hohe Kommando nur dazu sagen? Ich sagte euch doch gerade, daß die Mutterschiffe zurückkehren werden!«

Jetzt hörte man den Donner von Fußstapfen, als einige der Rebellen die Ninjaketten durchbrachen und in das Schloß eindrangen.

»Sie unterschätzen uns, Murasaki. Ihr nennt uns Tiere. Wir sind eure Sklaven. Ihr ernährt euch von uns. Bisher...«, und sich vergewissernd, daß ihre Pistole noch immer auf Murasaki zielte, zog sie sich sorgfältig mit der anderen Hand die Maske vom Gesicht.

Entsetzt wichen die Echsen zurück.

Plötzlich schossen Murasakis Hände durch den *Shoji* vor der Wand und schlugen auf einen Gong. Alarm schallte durch das Schloß. Voller Panik versuchte Tomoko zu schießen... aber sie brachte es nicht fertig, aus nächster Nähe abzudrücken... in diesem Moment packten schuppige Hände ihre Hände und drückten sie schmerzhaft. Zwei Echsen-Ninjas, die durch die Papierwand hereingesprungen kamen, hielten sie fest.

»Und jetzt zu dir, du da mit dem Samuraischwert. Laß es sofort fallen... oder diese Frau wird sterben und unverzüglich unserem Mahl hinzugefügt«, befahl Murasaki cool.

»Tu es nicht!« schrie Tomoko.

»Das werde ich auch nicht!« erwiderte Sugihara. »Denn ich habe sehr wichtige Informationen für Sie, Murasaki. Informationen, ohne die Ihr Imperium niemals vollständig sein wird... Informationen, ohne die Ihr Kontingent an Druckhäuten niemals aufgefüllt werden kann und die Zahl der Visitors allmählich immer geringer werden wird, da sie sterben müssen!«

»Nichts haben Sie für mich. Besonders wenn Sie... einer dieser verkleideten Menschen sind. Wir werden Sie töten und fressen.«

»Ich habe Informationen«, fuhr Sugihara ruhig fort, »die Sie seit Monaten fürchten, Murasaki... Sie haben hier nicht das Kommando. Ich habe es!«

Er zog sich die Maske vom Gesicht.

Es war nicht das Gesicht von Kenzo Sugihara!

»Ja, Tomoko«, sagte er langsam. »Es tut mir leid, daß ich meine Identität vor Ihnen verbergen mußte, aber ich wußte, daß Sie meine Hilfe niemals akzeptiert hätten...«

Bitter sagte Tomoko: »Was werden Sie jetzt tun? Uns alle töten? Jetzt, wo wir Ihnen geholfen haben, Ihre alte Macht wiederzuerlangen? Wollen Sie das gleiche Spiel nochmal mit mir spielen?«

»Nein«, sagte Fieh Chan. Er sprach sehr ernsthaft, in feierlichem Tonfall. Er war so sehr so, wie ihn Tomoko noch in Erinnerung hatte, damals vor einigen Monaten, als sie diese paar Stunden zusammengewesen waren und sie ihn in ihr Herz geschlossen hatte, diesen Fremden, diesen Alien. Wenn sie daran dachte, daß sie ihn in ihrem eigenen Haus aufgenommen hatte! Daß sie die ganze Zeit zusammen gereist waren, ohne zu wissen... daß sie niemals damit gerechnet hätte...

Doch sie hatte damit gerechnet. Sie hatte sogar darauf gehofft...

»Und jetzt«, sagte Fieh Chan zu Lady Murasaki, »was werde ich wohl mit Ihnen machen?«

Kapitel 26

Die Aliens starrten einander unsicher an, überrascht über diese ungewöhnliche Wende. Fieh Chan sprach weiter: »Laßt die Frau frei! Sofort!« So geschah es, und Tomoko nahm ihre Laserpistole wieder an sich. »Und jetzt, Tomoko, sollen sich die Leute mit dem Rücken an die Wand aufstellen. Dann kommen Sie zu mir herüber.« Langsam schritt er auf das Podest hinter dem Kopfende des Eßtisches zu. »Bald werden Matt Jones und seine Kämpfer hier im Bankettsaal sein.«

»Glaubt bloß nicht, daß ihr damit durchkommt«, schrie Murasaki außer sich vor Wut.

»Ich muß Ihnen noch etwas erzählen. Es ist doch wahr, daß Sie in den letzten vier Monaten verzweifelt den Schlüssel zum zentralen Schloßcomputer gesucht haben? Und daß Sie unfähig waren, den verbalen Code zu entschlüsseln... den nur ich allein besitze? Deshalb haben Sie so verzweifelt nach mir suchen lassen, Murasaki, und das war auch der Grund, warum ich nicht gefunden werden durfte.«

Ein aufgebrachter Alien rannte auf ihn zu, um zu protestieren. Sugihara-Fieh Chan schlug ihn mit einem einzigen Schwertstreich nieder.

»Nun, ich werde euch allen meine Lebensgeschichte erzählen.« Absolute Stille herrschte jetzt im Raum; die Kampfgeräusche von draußen schienen von weit her zu kommen. »Auf unserem Heimatplaneten gibt es einen alten Glauben namens *preta-na-ma*. Er basiert auf der Überzeugung, daß alle Lebewesen dieses Universums in Frieden und Übereinkunft miteinander leben sollten.

Er enthält viele Mysterien; seine Anhänger waren früher in der Lage, transzendentale mentale Stadien zu erreichen, die es ihnen ermöglichten, über erstaunliche Kräfte zu verfügen. Als das heutige Militärregime vor Jahrhunderten die Macht auf unserem Planeten übernahm und anfing, ein Imperium wildester Grausamkeit in diesem Sektor der Galaxis aufzubauen... ging die alte Religion in den Untergrund. Und im geheimen wurde sie weiter prakti- ziert... und die wichtigsten Aussagen und Übungen wurden all die Jahre hindurch vom Lehrer zum Schüler weitergegeben. Ich hörte als junger Novize des *preta-na-ma* von einem entfernten Planeten, den unsere Machthaber ausbeuten wollten. Ein Planet, auf dem Religionen existierten, die in vielen Dingen dem *preta- na-ma* ähnlich waren. Diese Entdeckung faszinierte mich; ich wollte ihre wahre Bedeutung kennenlernen. Und einzig aus die- sem Grund strebte ich ein hohes Kommando in der Visitor-Hier- archie an... eine Position der Macht, die mich oft dazu zwang, nicht im Sinne des *preta-na-ma* zu kämpfen. Ich kam voller Vor- urteile auf diesen Planeten. Ich hielt diese Erdenwesen für nur we- nig höherstehend als Tiere und ihr *preta-na-ma* nur für einen kit- schigen Abklatsch unserer eigenen, wahren, alten, brennenden Ideale. Ich lernte jedoch sehr viel. Ich lernte, daß im Herzen aller Lebewesen das Gute und Mitleid vorherrschen... auch wenn es schon seit Jahrhunderten auf meinem eigenen Planeten unter- drückt und zerschlagen wird! Monatelang traf ich mich mit dem großen Schwertmeister Kenzo Sugihara. Er lehrte mich den Weg des Kriegers; und gleichzeitig den Weg des Friedens. Als ich da- mals mit dem Fallschirm abspringen mußte, nur in meine Druck- haut gewickelt, wartete er auf mich, und im Labor seiner Geliebten verhalf er mir zu einem zweiten menschlichen Gesicht; ich mußte wiedergeboren werden. Ich bin jetzt nicht mehr Fieh Chan... wie könnte ich weiter ein Symbol sein für das, was alle Menschen zu- tiefst verabscheuen, der Führer der Eroberer? Kurz nachdem mich Sugihara gerettet hatte, erklärte er mir seine Absicht, Selbstmord zu begehen. Es war seine Antwort auf einen teuflischen Plan von Lady Murasaki, nach dem er Tausende von Kämpfern hätte trai- nieren sollen, damit aus ihnen seelenlose Kampfmaschinen wur- den. Er bat mich, beim Akt des *Seppuku* sein Adjutant zu sein, und ich sah Sugihara sterben. Dennoch hatte ich Zweifel. Hätte ich den Mut gehabt, mein Leben so zu beenden, anstatt in Schande zu le- ben? Ich mußte mich entscheiden. Da ich Murasakis Pläne kannte, reiste ich nach Amerika, um die Kampfsportmeister aufzuspüren, die sie entführen wollte... und hier bin ich nun!«

»Welche Impertinenz!« rief Murasaki. »Ihr seid bei weitem in der Minderheit! Und selbst wenn es Ihnen gelingt, uns zu töten – glauben Sie, daß Sie lange durchhalten? Bald schon wird die Thermaldruckhaut gar nicht mehr notwendig sein! Die Mutterschiffe werden zurückkehren, Fieh Chan. Man wird Sie zurückbringen und vor ein Kriegsgericht stellen!«

In diesem Moment stürzten Matt, Rod und CB und ein Dutzend anderer Ninjas mit gezogenen Waffen in den Saal. Tomoko sah, daß Matt blutete und seine Wange eingerissen war. Sie rief seinen Namen. Seine Echsenhaut hing ihm vom Gesicht herunter; und auch CB trug nur noch Fetzen. Ein kratzendes Geräusch war an den Wänden zu hören... dann sah man feindliche Ninjas, die über die Balkonbrüstung zum Fenster hereinkletterten.

»Halt! Ich bin der Kommandant, ich, Fieh Chan!« brüllte Fieh Chan.

»Wer, zum Teufel, ist denn das?« schrie Matt und zerschnitt mit dem Schwert die Hand eines Alien, während CB durch die Beine eines Visitors hindurchtauchte und dadurch verhinderte, in zwei Teile zerschnitten zu werden.

»Das ist Fieh Chan, aber er ist auch Sugihara... ich kann es dir jetzt nicht erklären!« Tomoko schrie plötzlich auf. Murasaki war es gelungen, sich loszureißen. Sie griff durch ein Loch in der *Shoji*-wand und zog ein Samuraischwert heraus! Sofort begann Tomoko zu feuern. Ein Schwall blauen Laserlichtes ließ das Schwert zersplittern, und Murasaki fluchte.

»Auf welcher Seite steht er?« schrie Matt über den Tumult hinweg.

»Auf unserer, denke ich!« brüllte Tomoko zurück und schoß auf alles, was sie anzugreifen drohte.

Fieh Chan rief jetzt einige schroffe Worte in der Aliensprache...

Hinter ihnen bewegten sich die Wände! Geheimtüren öffneten sich, und eine Computerkonsole, Monitore und Tastaturen mit bizarren Hieroglyphen wurden sichtbar. Mit erhobenen Händen ging Fieh Chan auf die Konsole zu und sprach weiter...

Neben der Computerkonsole standen auf einem niedrigen Tisch Kultfiguren und eine kleine Buddhastatue, die Tomoko bekannt vorkam. Ja, irgendwo hatte sie sie schon einmal gesehen.

Tomoko ging zu Fieh Chan und stellte sich neben ihn. Rod, Matt und CB, ihre Schwerter auf die Feinde gerichtet, folgten ihr.

Fieh Chan sprach: »Da es Ihnen nicht gelungen ist, Murasaki, den roten Staub zu vernichten, haben Sie versucht, ihn herauszufiltern. Das Filtersystem dieses Schlosses ist jedoch nicht sehr effektiv, obwohl Sie dazu fast die gesamte elektrische Energie dieses Teils des Landes benötigen. Wenn jemand dieser gefilterten Luft ausgesetzt ist, wird er trotzdem sterben müssen. Ich teile euch das jetzt mit, weil ihr bald alle diese Erfahrung machen werdet...«

»Unsinn! Wir alle tragen die Thermaldruckhaut, die Sie selbst entwickelt haben!« erwiderte Murasaki trotzig.

»Aber meine liebe Möchtegernrivalin«, antwortete Fieh Chan, und eine Spur Traurigkeit lag in seiner Stimme, »was man erhalten hat, kann einem auch wieder genommen werden... und ich selbst habe diese Möglichkeit eingeplant. In diesem Schloß gibt es Heizungsrohre, die von diesem Computer gesteuert werden... diese Anlage bringt ein Enzym in die Atmosphäre... ein Enzym, das die Pseudo-Protoplasma-Verbindungen, durch die meine Thermaldruckhäute zusammengehalten werden, zerstört! Und dieses Enzym ist schon freigesetzt worden... es wird in wenigen Minuten anfangen zu wirken!«

»Unsinn! Das ist ein Bluff! Selbst Sie, Fieh Chan, können nicht so abgebrüht sein, Ihre eigenen Leute zu verraten!«

»Ich habe sie nicht verraten! Im Gegenteil, ich vertrete Grundsätze, die auf der Kultur meines Volkes basieren – Grundsätze, die seit Jahrhunderten unterdrückt werden und dennoch immer noch die einzig wahren sind!« Er wandte sich jetzt Tomoko zu.

»Dieser Buddha«, meinte er, »Sie wissen, was Sie zu tun haben.«

Jetzt erinnerte sie sich genau. An dem Tag, als man sie zu ihm gebracht hatte, hatte so eine Statue in seinem Schlafzimmer gestanden. Behutsam nahm sie sie von dem niedrigen Tisch hoch. Sofort öffnete sich eine weitere Wand, und man sah dahinter einen geheimen Flughafen.

Zwei bis drei Raumfähren warteten dort. »Schnell!« rief Tomoko. Sie rannten auf die nächststehende zu, während sie mit ihren Schwertern und ihren Waffen die Anwesenden in Schach zu halten versuchten.

Fieh Chan weigerte sich, mit ihnen das Shuttle zu betreten.

»Aber warum?« fragte Matt. »Sie haben doch so viel getan, und wenn Sie hierbleiben...«

»Werden Sie sterben«, beendete CB den Satz. Und Tomoko sah, daß er kurz davor war, in Tränen auszubrechen.

»Ich muß sterben«, erklärte Fieh Chan. »Ich habe mein Volk betrogen. Und ich habe es nicht nur aus edlen Motiven getan. Mich beherrschte… ein ganz starkes Gefühl… zu einer Frau, die der menschlichen Spezies angehört… und ich wußte, daß ich sie nie bekommen würde. Sagen Sie mir, Tomoko… lieben Sie mich nicht auch? Wenigstens ein bißchen?«

Sie spürte, wie Matts Hände ihre Arme umschlangen, warm und stark. Sie wußte, daß Matt sie immer lieben würde. Und sie begann zu weinen, die Tränen flossen ihre Wangen hinunter. »Ja«, flüsterte sie. »Ja, ich begehrte dich auch, Fieh Chan.« Und jetzt wußte sie auch, warum der Alienschwertmeister beschlossen hatte zu sterben. Er wollte sich nicht zwischen sie stellen. Mit diesem Opfer schenkte er Tomoko und Matt eine Möglichkeit, ihre Liebe neu zu entdecken.

»Ihr müßt jetzt gehen!« Fieh Chan zog sein Schwert und stand aufrecht da. Die Klinge funkelte im künstlichen Licht des Bankettsaals. »Jetzt kommen sie. Schnell, steigt ein! Ich werde versuchen, sie aufzuhalten. Los, los!« Dann: »*Sayonara*… Lebewohl, meine verführerische Menschenäffin…«

Ihre Tränen unterdrückend, sprang Tomoko in die Raumfähre und setzte sich sofort hinter die Kontrollkonsolen.

»Sie weiß, wie man so ein Ding fliegt?« fragte Rod ehrfürchtig, als er, CB und Matt nach ihr hineinkletterten.

»Meine Frau ist sehr klug«, sagte Matt stolz.

»Schaut!« gellte CB und zeigte zu den Fenstern hinaus, und sie sahen…

Dutzende von Aliens schlugen aufeinander ein, jeder versuchte noch, die beiden verbleibenden Raumfähren zu erreichen, um dem bevorstehenden Tod zu entkommen. Es war ein Kampf um Leben und Tod.

»Wir haben keine Zeit mehr zuzuschauen!« ermahnte Tomoko sie. Sie drückte den Knopf, der sie in die Nacht schießen ließ.

»Sie verfolgen uns!« schrie CB.

»Dann muß ich wohl ein paar geschickte Ablenkungsmanöver starten«, meinte Tomoko. »Wenn ich nur rauskriege, wie!«

Kapitel 27

»Sie kommen immer näher!« rief CB panisch, bevor sie durch eine Wolke schossen. Matt drehte sich der Magen um, als sie abrupt eine Kurve flogen. Um sie herum: Nacht über dem ländlichen Japan. Unter ihnen: das Schloß schwach beleuchtet vom Mondlicht.

Und hinter ihnen… Raumfähren!

»Versuch runterzugehen!« schlug Matt vor.

»Ich brauche deine Hilfe«, rief Tomoko. »Hier, halte diese Kontrollhebel fest und beobachte den Altimeter… das ist *der* da.«

Matt schlüpfe auf den Sitz neben Tomoko.

Tiefer, immer tiefer sanken sie…

»Schaut mal dort beim Schloß!« rief CB aufgeregt, als sie so weit hinuntergeschwebt waren, daß sie den Innenhof und die Treppen sehen konnten. »Die Leute laufen Amok… überall Armeekorps… viele Menschen fliehen aus dem Schloß, den Hügel hinunter…«

»Gut, sie hauen ab«, freute sich Rod. »Wenn wir sie mit unseren widersprüchlichen Kommandos genug verwirrt haben, kehrt ihr Verstand vielleicht wieder zurück.«

»Das hoffe ich auch.«

Wie Ameisen strömten sie jetzt zu Tausenden aus dem Schloß.

»Paßt auf! Sie sind wieder da!« gellte CB.

Da kamen sie, von oben herab… sie teilten sich! Die beiden Shuttles peilten sie jetzt von zwei Seiten aus an. Rasch zog Tomoko das Shuttle noch weiter hinunter.

»Haben diese Dinger denn keine Laser?« überlegte Rod laut. »Wir können ihnen nicht ständig nur ausweichen!«

»Ja«, fiel Tomoko ein. »Irgendwo achtern gibt es eine Kontroll…«

CB fand sie. »Sieht aus wie ein Videospiel… ich kann das machen.«

»Mach das, Junge!« stimmte Matt zu.

Schnell fand CB die Bildabtaster und das Computerzielgerät und schaltete sie ein. Ein blauer Lichtschwall schoß durch die Nacht…

»Verfehlt!« ärgerte sich CB.

In diesem Moment traf sie ein Schuß. Matt fiel aus seinem Sitz und knallte mit einem Arm auf den Boden. »Halte den Höhenmeter!« brüllte Tomoko. Matt klammerte sich an die Konsole, versuchte blindlings den richtigen Kontrollhebel zu finden und schrie nach Rod, ihm zu helfen. Rod sprang hinüber. Alle drei bemühten sich jetzt, das Shuttle wieder zu begradigen, während eine feindliche Kampffähre auf sie zujagte.

»Was ist mit CB? Kann man ihn mit diesen tödlichen Waffen alleine lassen?« fragte Rod.

»Mit all der Erfahrung, die er an ›Galaga‹ gemacht hat«, erklärte Matt, »sollte es ihm leichtfallen.«

»Ich hol' sie vom Himmel runter!« rief CB begeistert, und wieder schlug er auf die Kontrollhebel...

Eine gewaltige Explosion zerriß die Dunkelheit! Es sah aus, als ob sich eine weißglühende Blüte öffnen würde. Die Wolken leuchteten gold und silber auf. Voller Ehrfurcht beobachtete Matt das Schauspiel. Aber sie durften keine Zeit verlieren. Das zweite Shuttle näherte sich ihnen sehr schnell und nahm sie unter Laserfeuer.

Sie schnellten in die Höhe! Schossen über die knallenden Trümmer des explodierten Raumschiffes hinweg! Im Zickzack flogen sie über das Schloß, aus dem immer noch Menschenmassen flüchteten! »Ich kann das andere nicht abhängen!« erboste sich Tomoko. »Ich werde es nicht los!«

»Wir müssen es abschießen«, meinte CB. »Auf geht's!« Er schoß. »Na los, hol dir den Echsenabschaum... getroffen!«

Matt schaute in den Achterbildschirm. »Ich sehe das Gesicht des Piloten... es ist Murasaki höchstpersönlich«, rief Matt.

»Wow! Hört mal, wenn es mir gelingt, sie abzuschießen, bekomme ich dann ein Freispiel?« ulkte CB, und seine Finger tanzten wie wild über die Konsole.

Spiralförmig drehten sie sich über dem Schloß. Das feindliche Raumschiff schwebte praktisch über ihnen. Seine Feuersalven prallten an den Seiten ihres Schiffes ab. Wenn sie nicht bald treffen würden...

Und dann geschah es. Ein gewaltiger Lichtstrahl schoß aus der Laserkanone... und traf Murasakis Raumfähre... die in einem wahren Feuerwerk zerbarst. Tausende brennender Teile regneten auf das Schloß hinunter. Die Menschenmenge schien noch schneller zu laufen. Einen Augenblick lang schien es, als wäre nichts passiert, bis auf ein paar rötliche Feuerpünktchen inmitten des Schloßkomplexes. Doch dann stand auf einmal das ganze Schloß in Flammen. Rauch stieg zum Himmel auf. Ziegelsteine wirbelten durch die Luft. Einige der Menschen, die aus dem Schloß herauskamen, fielen betend nieder, die meisten jedoch liefen weiter.

»Wir haben es geschafft! Wir haben es geschafft!« brüllte CB. Er lief zu Matt und Tomoko, und plötzlich schien alles für ihn zuviel gewesen zu sein… Er begann zu weinen. Schließlich war er ja auch nur ein kleiner Junge, weit weg von zu Hause.

Matt umarmte ihn und sagte: »Ich werde mich nie wieder über irgend etwas beklagen.«

Der Junge winkte ihm unter Tränen zu: »Hey, Mann, alles klar.«

»Jetzt stellt sich nur noch eine entscheidende Frage«, meinte Tomoko, »wo geht's nach Amerika?« Sie begann zu lachen.

»So wie's aussieht, können wir uns so lange Zeit lassen, wie wir Lust haben!« freute sich Matt. »Unsere zweiten Flitterwochen werden wir auf Hawaii verbringen… wir machen kehrt in Australien…«

»Glaubst du, daß unser Freund es schafft, so wie er es gesagt hat?« wollte Rod wissen.

»Ich weiß es nicht«, erwiderte Matt. »Vielleicht hat er auch noch was ausgeheckt. Es würde mich nicht wundern, ihn in Kalifornien wiederzutreffen, die Scheidungspapiere unterschriftsbereit in der Hand.«

»Werd nicht gemein«, bat ihn Tomoko. »Du weißt doch, daß dieser Mann mich liebt.«

»Wie kannst du ihn als Mann bezeichnen«, meinte Rod wütend. »Er ist eine von diesen… stinkenden Echsen.«

»Ich denke«, erklärte Matt, »wir sollten uns ein Beispiel an seinem *preta-na-ma* nehmen. Und ich meine, wenn Mensch zu sein bedeutet… Mitleid mit anderen Wesen zu empfinden… das Gute zu lieben… gegen das Böse zu kämpfen, ohne zu fragen, wohin der Kampf uns führt… dann verdient Fieh Chan diese Bezeichnung genauso wie jedes andere menschliche Wesen, das ich kenne.«

»Das war sehr weise, was du jetzt gesagt hast«, sagte Tomoko sanft. Und weich küßte sie ihn auf die Lippen.

»Das heißt aber lange noch nicht, daß er etwas mit meiner Frau anfangen darf«, fügte er noch hinzu.

Tomoko lachte.

Die Raumfähre bahnte sich ihren Weg durch den nächtlichen Himmel. Sie flogen ziemlich tief, so daß sie die Hügel mit ihren Terrassenreisfeldern silbrig im Mondlicht schimmern sahen.

»Glaubt ihr, daß es wahr ist, was Tomoko gehört hat«, wollte CB wissen, »daß es eine Möglichkeit gibt, den roten Staub zu vernichten und daß die Mutterschiffe bald zurückkehren werden?«

»Ich weiß es nicht«, sagte Matt. »Aber wir werden bereit sein. Wenn wir in Tokio haltmachen, werden wir Setsuko und Professor Schwabauer aufsuchen und ihnen erzählen, was alles passiert ist, damit Japan bereit ist.«

»Warum fliegen wir nicht gleich nach Hause?« mäkelte CB.

»Weil unsere Freunde leider vergessen haben, uns zu sagen, wo hier der Kompaß ist«, beruhigte ihn Tomoko. »Früher hat mir immer Sugihara den Weg erklärt. Übrigens, sollten wir nicht dieses Ding hier ihren Wissenschaftlern überlassen, damit sie es untersuchen können... und vielleicht sogar kopieren. Dann sind wir *tatsächlich* gut vorbereitet, falls sie zurückkehren sollten.«

»Vielleicht können wir uns auch ein paar Sehenswürdigkeiten ansehen«, schlug Matt vor.

»Was ist mit meinen Schularbeiten?« fragte CB.

»Ich für mein Teil«, meinte Rod Casilli, »freue mich auf Tokio. Das Zeug, mit dem sie uns Gefangene im Osaka-Schloß gefüttert haben, war einfach unglaublich; wahrscheinlich hätte ich es nie gegessen, wenn ich gewußt hätte, was da drin ist!«

»Ah«, meinte Tomoko. »Du freust dich schon auf eine schöne Portion rohen Fisch?«

»Zum Teufel, nein. Ich kann abwarten, bis wir in Tokio sind, wo ich einen anständigen Hamburger kriege.«